Julius Wolff

Aus dem Felde

Nebst einem Anhang: Im neuen Reich

Julius Wolff

Aus dem Felde
Nebst einem Anhang: Im neuen Reich

ISBN/EAN: 9783743496118

Hergestellt in Europa, USA, Kanada, Australien, Japan

Cover: Foto ©Andreas Hilbeck / pixelio.de

Manufactured and distributed by brebook publishing software
(www.brebook.com)

Julius Wolff

Aus dem Felde

Grote'sche Sammlung

von

Werken zeitgenössischer Schriftsteller.

Fünfundfünfzigster Band.

—◦◦◦—

Julius Wolff, Aus dem Felde.

Aus dem Felde.

Nebst einem Anhang:

Im neuen Reich

von

Julius Wolff.

Dritte vermehrte Auflage.

Berlin,

G. Grote'sche Verlagsbuchhandlung.

1896.

Druck von Fischer & Wittig in Leipzig.

Inhalt.

Zum Gedächtniß.

Nun schlinget Kränze um die Fahnen,
Um die Geschütze Eichengrün
Und laßt in Hütt' und Haus euch mahnen
An jener Kämpfe heißes Mühn,
An all die Schlachten, die geschlagen,
An all die Leiden, die getragen,
Und an der Herzen heilig Glühn
In jenen schicksalsschweren Tagen.

Denkt dran, die ihr im Feuer strittet,
Von feindlichem Geschoß umsaust,
Die ihr in wildem Ansturm rittet,
Den blanken Säbel in der Faust,
Wie alle Nerven sich euch spannten
In Stunden, vorher nie gekannten!
Hat euch nicht manchesmal gegraust,
Wenn rings umher die Dörfer brannten?

Und die daheim ihr bleiben mußtet,
Denkt dran, wie erst ihr, aufhorchsam,
Den Jubel kaum zu zügeln wußtet,
Wenn eine Siegesbotschaft kam,
Und dann — es stand darin geschrieben,
Daß viele Tausende geblieben —
Wie dann euch packten Angst und Gram
Um die im Feld dort, eure Lieben!

Das war vor fünfundzwanzig Jahren,
Da, von der Zwietracht Alp befreit,
Stieg auf aus Wettern und Gefahren,
Des deutschen Reiches Herrlichkeit.
Nun laßt uns, einig wie im Kriege,
Daß himmelhoch Begeistrung fliege
In der erinnerungsreichen Zeit,
In Frieden feiern unsre Siege!

Ihr Jungen, die ihr kaum geboren,
Als jener Riesenkampf begann,
Ihr lauschet nun mit allen Ohren
Dem Ruhm, den unser Heer gewann,
Ihr Alten aber habt gelesen
Vom Kehraus mit dem Eisenbesen,
Und glücklich der, der sagen kann:
Ich bin auch mit dabei gewesen!

Das deutsche Reich steht aufgerichtet
Vom Fels zum Meer auf festem Grund,
Was wir ersehnt, erträumt, erdichtet,
G e t h a n ist's, allen Völkern kund.
Wer uns nicht liebt, der mag uns scheuen,
Wir aber wollen uns in Treuen
An unserm blutgeschweißten Bund
Für Kaiser und für Reich erfreuen. —

Im Felde schrieb ich schlichte Lieder
Auf Märschen, im Quartier, auf Wacht,
Die bring' ich euch noch einmal wieder
So, wie ich damals sie gemacht.
Ob sie euch noch zu Herzen bringen
Wie einst, da ich begann zu singen?
Wenn nicht, so mögen sanft und sacht
Sie im Geräusch der Zeit verklingen.

1895.

Aus dem Felde.

Aus dem Felde.

Berlin, 1871.

Vorwärts!

Macht kurz den Abschied, Kameraden! schließet
Noch einmal in die Arme Weib und Kind,
Und wenn dabei ein weicher Tropfen fließet —
Den weht bald weg der frische Morgenwind.
Den Freunden drücket einmal noch die Hand,
Und vorwärts dann mit Gott für's Vaterland!

Laßt Andere die reifen Aehren mähen,
Die Garben binden und den Erntekranz,
Wir wollen Furchen ziehen, um zu säen,
Uns winkt der Herbst zu einem andern Tanz;
In jeder Kugel steckt ein Friedenskeim,
Nur recht gepflanzt, bringt sie euch Früchte heim.

Den Vater Rhein hör' ich den Ruf erheben:
„Ihr trankt euch manchesmal die Wangen roth
Bei Tag und Nacht am Safte meiner Reben,
Jetzt steht mir bei in meiner höchsten Noth.
Dein Blut für meines jetzt, du junges Heer,
Ihr Alten, jetzt für mein Gold eures her!

Herbei! herbei, vom Norden und vom Süden!
Seid einig, einig jetzt vom Fels zum Meer!
Ihr dürft nicht zögern, dürfet nicht ermüden,
Was Hände hat, das greife zum Gewehr,
Auf Sturmesschwingen kommet, Schaar auf Schaar,
Hört ihr's? das Vaterland ist in Gefahr!

Vom Bodensee bis an die Bernsteinküste,
Von Oestreichs Marken bis zum Friesenmoor,
Ein Volk nur ist's und eins nur das Gelüste,
Ein Geist, ein heil'ger Wille loht empor
Für Freiheit, Ehre, für den eignen Herd,
Heraus! heraus, du blankes deutsches Schwert!

Seht! seht, sie kommen, Keiner bleibt zurücke,
Der rüst'ge Kraft in Leib und Seele spürt,
Sie fragen euch: Wo ist die nächste Brücke,
Die über'n Rhein hinein nach Frankreich führt?
Wie Anno dreizehn: Schul' und Werkstatt leer,
Und Heer und Volk all eins wie Volk und Heer.

Du greiser König und ihr Königssöhne
Blickt um im Lande, welche Heeresschau!
Daß frischer Lorbeer eure Helme kröne,
Du Blücher = Steinmetz, Moltke = Gneisenau,
Der Schlachten Lenker sei mit eurem Rath,
Eu'r Degen schreibt Geschichte, — Wort ist That!

Wenn wie ein Mann ein Volk ist aufgestanden,
Sein Recht zertreten und sein Heil bedroht,
Dann, wie der Lenz das Eis, sprengt es die Banden,
Ihm bleibt nur e i n e Wahl: Sieg oder Tod!
Es wird im Herbste an dem Rheine grün
Wohl auf dem Grund manch Röslein roth erblühn.

Kam'raden kommt! ein Deutschland gilt's zu schaffen,
Die Trommel ruft, es lockt des Jägers Horn,
Seid eurem Roß ein Freund, pflegt eure Waffen,
In eure Kraft gießt euren ganzen Zorn,
Steh' Jeder seinen Mann! thut eure Pflicht!
Vorwärts mit Gott! ein Rückwärts giebt es nicht!

Queblinburg, 21. Juli 1870.

Flußübergang.

Morgenfrühe, ringsum Stille,
Mit der Sonne Nebel streiten,
Wie sie aus dem Wald hernieder
Zu des Stromes Ufer schreiten.

Schweigend folgen sie dem Führer
An den flachen Bord der Fähre,
Auf des Fahrzeugs breitem Kiele
Klirren dumpf nur die Gewehre.

Und der Letzte stößt vom Lande;
Wie sie auf dem Wasser schwimmen,
Singen sie die Wacht am Rheine
Leise mit gedämpften Stimmen.

Ueber ihren Häuptern raget
Stattlich wie der Mast im Kahne
Die in mancher Schlacht erprobte,
An den Sieg gewöhnte Fahne.

Vorn am Bug der junge Führer
Blickt mit träumerischem Sinnen
In die Fluten, denkt er heimwärts
An der Liebe süßes Minnen?

Denkt er — doch am Uferkiese
Knirschet schon der Kiel der Fähre;
Schnell im Wald sind sie verschwunden,
Ruhig wallt der Fluß zum Meere.

An der Saale, 28. Juli 1870.

Das Echo.

Nicht Pfarrer und Pastoren
Sind bei dem Bataillon,
Doch darum nicht verloren
Ist uns Benediction.

Wir stehn auf freiem Felde
Sonntags, Gewehr bei Fuß,
Zum blauen Himmelszelte
Schickt Jeder seinen Gruß.

Da ist gar bald erledigt
Was manches Herz beschwert,
Statt Litanei und Predigt
Spricht der Major vom Pferd:

„'s ist heil'ger Sonntag heute,
Da denkt an unsern Gott,
Und denkt der Brüder, Leute,
Die vielleicht nah' dem Tod.

Der alte Herrgott droben
Sei mit uns in dem Krieg,
Helm ab! laßt ihn uns loben,
Er geb' uns Ehr' und Sieg!"

Und auf der Lüfte Flügeln
Kam, als der Redner schwieg,
Ein Echo von den Hügeln,
Laut rief es: Ehr' und Sieg!

Im Elsaß, August 1870.

Die Maid vom Elsaß.

Sie schwebt daher wie eine Fei
Mit freundlichen Gedanken,
Trägt auf dem Kopfe frank und frei
Den Weinkrug ohne Schwanken.

Es gleicht die holde Trägerin
Wohl einer goldnen Aehre,
Wenn das, was in dem Kruge drin,
Nur auch so lieblich wäre.

Sie nennen's hier zu Lande Wein,
Es ist auch Saft von Reben,
Doch kann damit sich Unserein
Vergiften und vergeben.

Bald ist er roth, bald ist er blau,
Und oft wir ihn erwarben
Als trübes, ahnungsvolles Grau,
Gemischt aus allen Farben.

Doch mit der stärksten Ahnung ist
Kein Durst je zu besiegen,
Und in der Noth bekanntlich frißt
Der Teufel sogar Fliegen.

Darum nur her, du schlanke Maid,
Mit deiner bunten Scherbe!
Ich thu' dir in dem Wein Bescheid,
Und wär' er noch so herbe.

Sie hob das Krüglein risch und rank
Von ihrer braunen Flechte
Und lachte, als den sauren Trank
Ich unerschrocken zechte.

Ich sprach sie auf französisch an,
Das hörte sie nicht häufig,
Und als sie darauf deutsch begann,
War mir es nicht geläufig.

Es war nicht deutsch, es war nicht wälsch,
Elsässisch sittlich, ländlich,
Ich macht' ihr auf ihr Kauderwälsch,
So gut es ging, verständlich:

Sei mir, mein deutsches Schwesterlein,
Im Vaterland willkommen,
Doch laß uns balde bessern Wein,
Dir bessres Deutsch bald frommen!

Morschweiler, August 1870.

Auf dem Kamme der Vogesen.

Nein, Schulenburg! das wird nimmer verziehn,
Auch Dir mit dem rothen Barte
Vergeb' ich es nicht, Kamerad Treplin,
Nie wetzet ihr aus die Scharte.
Ich tränk' es euch beiden auch noch mal ein,
Daß ihr mir austrankt beide allein
Die Flasche, die aufbewahrte,
Die letzte vom Rheine gesparte.

Zu Mainz, da hatten wir sie gekauft,
Hochedel und auserlesen,
Ich weiß nicht mehr, wie sie war getauft,
Doch war es ein vornehmes Wesen.
„Die heben wir auf als eisernen Stamm
Und trinken zusammen sie aus auf dem Kamm,
Dem höchsten Kamm der Vogesen."
So war es beschlossen gewesen.

Dann sind wir marschirt tagaus, tagein
In Staub und sengender Hitze,
Schon grüßte zur Seiten uns Lützelstein,
Das Raubnest auf felsigem Sitze.
Doch höher noch ging es die Berge hinan.
Es lechzte die Zunge wohl Roß und Mann,
Doch freuten wir uns, im Besitze
Des Weins, auf die oberste Spitze.

Und endlich kamen wir ins Quartier;
Getrennt von den Kameraden,
Warf ich auf's Bett mich und dachte mir,
Ein Nickerchen könnte nicht schaden.
Ich schlief den Schlaf des Gerechten bald,
Gewiegt vom rauschenden Wasgenwald.
Dann war mir's, als wär' ich geladen,
Die rostige Kehle zu baden.

Doch leider gab es von Wein nichts Recht's,
Nichts Feuchtes von Gersten und Hopfen,
Drum hin zu der Tochter des Mainzer Geschlechts!
Mein Durst verstärkte mein Klopfen.
„Zu spät! du rettest den Freund nicht mehr!"
So lachten und schwenkten die Flasche sie, — leer,
Darinnen kein einziger Tropfen,
Und tadellos war der Pfropfen.

Nun frag' ich Einen: ist das nicht ein Streich
Vom allerschwersten Gewichte,
Der einzig dasteht im ganzen Bereich
Der ältesten Kriegsgeschichte?
Sie labten sich an dem herrlichen Wein
Und ließen mir Armen des Durstes Pein;
Drum will ich, der Nachwelt zur Richte,
Mich rächen mit diesem Gedichte.

Petersbach, 19. August 1870.

Feldwache.

—

Durch Rebengelände — 's ist rother Wein
Und auch nicht grade der beste —
Gen Norden fließt die Mosel zum Rhein
Vorüber an Toul, der Veste.

Dort unter den Weiden am Ufer versteckt,
Da haben wir heimlich gezimmert
Ein Sturmdach, ein Hüttchen, mit Reisig bedeckt,
Ein Lämpchen trübe drin schimmert.

Und unter dem Sturmdach auf strohernem Bett,
Da schnarchen die Braven, die Müden,
Im Mondlicht blinket manch Bajonett
In den Gewehrpyramiden.

Die Meisten haben das Feuer umringt,
Die Brände vom Zaune gebrochen,
Sie fragen sich, was wohl die Zukunft bringt,
Der Spielmann versteht sich auf's Kochen.

2*

Der Spielmann, ein allzeit lustiges Haus,
Vertreibt den Andern die Grillen,
Und söff' er ihnen den Schnaps nicht aus,
Sie thäten ihm Alles zu Willen.

In meinem Hüttchen entgeht mir nicht
Ein Wort von Denen am Feuer,
Und Einer reckt sich und gähnt und spricht:
„Dies Leben verkauf' ich nicht theuer.

Zwei Tag' und zwei Nächte hier auf der Wacht,
Den dritten Tag halbe Ruhe,
Das ist mir ein Dienst, der sich fühlbar macht
Nicht bloß an den Sohlen der Schuhe.“

„Ach was!“ ein Andrer schnell versetzt,
„Willst Du hier murren und klagen?
Denk an die Regimenter, die jetzt
Weit vor uns blutig sich schlagen!

Auch wir kommen dran, und Mancherein
Von uns auch sinkt noch nieder,
Hört niemals wieder rauschen den Rhein,
Sieht Weib und Kind nicht wieder.“ —

Die Flammen lobern und knistern leis,
Und ihre wechselnden Lichter
Beleuchten in dem verstummenden Kreis
Die bärtigen Landwehrgesichter.

Jetzt tönt vom Berge dort durch die Nacht
Halt! werda? zum dritten Male,
Und wie aufeinander zwei Schüsse gekracht,
Ist's stille wieder im Thale.

Einnickend sank ich in leisen Schlaf
Und träumte viel Liebes und Treues,
Da kam die Patrouille und meldete brav:
„Herr Leutnant, auf Posten nichts Neues!"

Vor Toul, September 1870.

Requisition.

„Wo haſt Du, Bauer, Deine Kühe,
Die Hammel wo verſteckt?
Die Schimmel haben ohne Mühe
Im Wald wir ſchon entdeckt.

„Die ſpannen wir vor dieſe Karren,
Die Du beladen wirſt,
Und nun heraus nur mit den Farren,
Eh' die Geduld mir birſt!

„Gieb auch heraus den Hafer alle,
Das Stroh und auch das Heu,
Du brauchſt in Deinem leeren Stalle
Nicht Futter mehr und Streu.

„Zwölf Säcke Roggen wie gepfiffen!
Und hier auch Weizenmehl!
Nur munter, Leute, zugegriffen!
Das ſchlug uns heut nicht fehl.

„Spürt weiter! — nein! kein Huhn gefangen!
Doch giebt's denn hier kein Schwein?
Dann will ich sonst nichts mehr verlangen
Als noch zwei Tonnen Wein.

„Was bringt denn da mir der Gefreite?
Nur eine magre Kuh?
Und hinterher kommt als Geleite
Das halbe Dorf herzu?" —

„„Ihr nehmt das Letzte, Herr! mit Grausen
Seh'n wir den Hunger nah'n,
Schon kamen Baiern, hier zu hausen,
Dragoner und Ulan.""

„Herr Maire! was nützt uns das Parliren?
's wär' besser, wenn ich schwieg,
Ich hab' Befehl zu requiriren,
Seht an! das ist der Krieg!

„Es stehen vor Paris im Kreise
Dreihunderttausend Mann,
Die fordern täglich Trank und Speise,
Drum nehm' ich, was ich kann."

„„An Eurer Hand ein Ringlein blitzet,
Ihr habt wohl Weib und Kind,
Erhalt' Euch Gott, was Ihr besitzet,
O Herr, laßt mir mein Rind!"" —

„Ach Weib, steht auf! Ihr sollt nicht knicen,
Sterbt! lebt! was kümmert's mich?
Die Kuh ist mein, muß mit mir ziehen,
Ein Jeder sorgt für sich."

Die Blousenmänner mit Geflüster,
Die standen rings umher,
Die Weiber schluchzten, stumm und düster
Stand auch der alte Maire.

Ich aber zählte meine Beute,
Reicht' eine Quittung dar
Und zog dann ab; — fragt mich nicht heute,
Wie um das Herz mir war.

Doch als ich vor dem Dorf mich labte,
Da — nun da riß ein Strick,
Das kommt wohl öfter vor, — da trabte
Mir eine Kuh zurück.

Milly, Oktober 1870.

Der Wald brennt.

Es reitet ein Regiment durch den Wald;
Was blähen die Pferde die Nüstern?
Was geht doch nah und ferne bald   ,
Durch den Wald ein Rauschen und Flüstern?

Da kommt im Galopp, die Zügel verhängt,
Die Vedette über die Lichtung,
Und zur selben Minute kommen gesprengt
Zwei Husaren aus anderer Richtung.

Reit zu! reit zu! der Wald, — er brennt!
Sie steckten ihn an, uns zu fangen,
Reit zu! reit zu! das Element
Folgt uns auf den Fersen wie Schlangen.

Sitz' auf, Kamerad! uns rettet nur Flucht,
Sitz' auf! sonst bist du verloren,
Laß der Kastanie reifende Frucht
Am Zweige rösten und schmoren.

Und horch! die Signale schmettern schon,
Die Säbel klirren und rasseln,
Sich hastend trabt Schwadron auf Schwadron,
Sie hören es knistern und prasseln.

Reit zu! reit zu! dort häuften sie Stroh,
Dem Feuer zur Nahrung die Halme,
Reit zu! da brennt es schon lichterloh
Mit schwelendem, beizendem Qualme.

Am Wege brennt es, brennt rechts, brennt links,
Und der Weg ist verhauen, durchschnitten;
So wär't in den Banden des flammenden Rings
In den Tod ihr, Husaren, geritten?

Vorwärts!! die Sporen dem Gaul in den Bauch!
Sonst seid ihr in Asche gebettet,
Hinweg über Gluth! hinein in den Rauch!
Drei Sprünge, so seid ihr gerettet!

Und sausend geht's wie die wilde Jagd
Hindurch wie durch feurige Lauben,
Und gerettet sind sie, die Freiheit lacht,
Wie die Pferde auch zittern und schnauben.

Ein kurzer Trab noch im Regiment
Beruhigt Rosse und Reiter,
Es fehlt kein Mann, und hinten brennt
Das Feuer im Walde weiter.

Dep. Seine et Oise, 30. September 1870.

An Victor Hugo.

Wie Luftballons, hohl, nur gefüllt mit Gasen,
Danach man wohl ein Weilchen gafft und späht,
Wie sich das Ding da oben dreht und bläht,
So wirbeln aufwärts Deine tollen Phrasen.

Was schaffst Du mit den bunten Seifenblasen,
Dem Wortgeräusch, das keinen Sinn verräth?
Nur Eines ist's, was Dir damit geräth:
Daß Alle lachen, die den Wahnwitz lasen.

Ein Andres aber laß mich tief beklagen:
Daß Deinem Ruhm Du selbst mit Deinem Wüthen
Unheilbar schwere Wunden hast geschlagen.

Wie liebt' ich Deines Genius duft'ge Blüthen!
Doch waret denn nicht fester Ihr verniethet,
Daß, wo der Dichter räumt, der Narr gleich miethet?

Corbeil a. d. Seine, October 1870.

An Garibaldi.

Auch Du, mein Brutus?! der mit seinen Briefen
Das staunende Europa überschwemmte
Und keines Flusses Strömung damit hemmte,
Du kommst zu denen, die Dich gar nicht riefen.

Meinst Du, daß wir vor Deinem Namen liefen,
Erschreckt vor dem berühmten rothen Hembe?
Den Knochen gähnt das dunkle Grab der Frembe,
Die rühmlicher im Vaterlande schliefen.

Im Vaterland, das eins und frei geworden
Durch unser Blut, durch unsres Schwertes Siege.
Glaubst aller Pflicht Du gegen uns Dich lebig,

Daß an die Spitze Du Dich stellst der Horben
Von Meuchelmördern im Guerillakriege?
Ist das der Dank für Rom und für Venedig?

Corbeil a. d. Seine, October 1870.

Der schlesische Trainsoldat.

Da war mal ein schlesischer Trainsoldat,
Der fuhr im Galopp mit Vieren,
Und wußte zu helfen sich, wußte sich Rath
Bei Menschen so gut wie bei Thieren.
„Hol' Hafer!" so hieß es „an dem es gebricht!"
Die vierten Husaren, die fackeln nicht,
Er jagt auf holprigen Gleisen,
Da verliert ein Rößlein ein Eisen.

„Lieb Pferdl, lauf baarfuß, mein Liebling, du kriegst
Von mir den doppelten Haber,
Was fange ich an, wenn du mir liegst,
Mein bester, mein einzigster Traber!"
Das Roß aber lahmt und zieht nicht am Strang,
Die Zeit ist knapp, und der Weg ist lang,
Und aus der Kolonne im Gliede
Lenkt in das Dorf er zur Schmiede.

„Toutesuite! Cheval sein Eisen caput!"
Und den Huf, den nackten, er zeiget,
Die Bälge läßt sausen der Schmied in Wuth,
Daß der Asche die Flamme entsteiget.
Dann klingt auf dem Amboß ein dröhnendes Lied:
Prussien! Prussien! so hämmert der Schmied
Und schwingt den Hammer zu Schlägen,
Als wollte den Feind er erlegen.

Des Zornes Kraft und des Hasses Gewalt,
Dem Werke läßt er sie fühlen,
Und fertig ist's, eh' das Eisen kalt,
Nun Wasser! schnell Wasser zum kühlen!
Doch ach! der Brunnen im Hof ist versiecht,
Und der rauschende Bach, er schleicht und kriecht
Vertrocknet unter den Kieseln,
Die sonst seine Wellen berieseln.

Dem Schlesier ist schon des Wartens genug:
„Giebt's sonst nichts Nasses im Hause?"
Im Keller ein mächtig gebauchter Krug,
In Ehren behütet zum Schmause,
Den füllt er am Fasse mit purpurnem Wein,
Wirft selbst mit der Zange das Eisen hinein,
Nicht Zischen und Schaum ihn geniret:
„Hoho! wie der Rothe moussiret!"

Nun an den Huf mit dem Eisen geschwind,
Es paßt mit Klappen und Klippen,
Doch ehe von dannen er fährt wie der Wind,
Da setzt er den Krug an die Lippen:
„Ha! Glühwein!" ruft er mit fröhlichem Muth,
„So laß ich's gefallen mir, Eisen und Blut!"
Im Wein sieht der Schlesier kein Wunder,
Sei's Grünberger, sei es Burgunder.

Corbeil a. d. Seine, October 1870.

's giebt Krieg.

—

Die Seine rollt durchs breite Thal die Wogen,
In das der Herbst die frühen Nebel senkt,
Und trübe spiegeln sich die letzten Bogen
Der hohen Brücke, die der Feind gesprengt.
Die Pfeilertrümmer aus dem Wasser ragen,
Das anschwillt, wie's das Joch des Fremden fühlt,
Und zornig rüttelnd um die Planken spült
Der leichten Brücke, die wir uns geschlagen.

Da drüben, über mancher Todeswunde,
Auf dem Spitale, das am Berge steht,
Scharf abgehoben von dem lichten Grunde,
Die Fahne mit dem rothen Kreuze weht.
Zwei Deutsche hört' ich sich im Dunkeln schrauben:
„Du, pass' mal auf, 's giebt Krieg! sieh doch die Gluth,
Der ganze Himmel ist ja roth wie Blut,
Ich sage Dir: 's giebt Krieg! Du kannst es glauben!"

So weit das Firmament man sehen konnte,
Ein Feuerschein, ein großer Himmelsbrand,
Von einem bis zum andern Horizonte
Ein Nordlicht flammte weithin übers Land.
Der Norden glühte und der Westen strahlte,
In eine Fluth wie Purpur hier getaucht,
Und dort wie Morgenröthe hingehaucht,
Die Rosen auf die fernen Wolken malte.

'S giebt also Krieg! — das Nordlicht sah ich glosten,
Sah vor mir blinken einer Büchse Lauf, .
Mit strengem Werda stellte mich ein Posten,
Und südwärts stiegen zwei Raketen auf.
Dort ein Geschützrad mit zerbrochner Speiche,
Von Fort Jory erdröhnte Schuß auf Schuß,
Und schmelzend klangen drüben überm Fluß
Der Baiern Hörner jetzt zum Zapfenstreiche.

Corbeil a. d. Seine, October 1870.

Im Mantel.

Das Erste ist in feindlichem Land:
Der Soldat habe seine Waffen in Stand;
Das Zweite, wenn es sich machen läßt:
Die Sohlen seien gesund und fest;
Das Dritte nun, das nenn' ich euch gleich:
Das ist der Mantel, der macht ihn reich.
Er braucht bei Tag ihn und bei Nacht,
Im Quartier, im Bivouak, auf der Wacht,
Er schützt sich damit gegen Wind und Regen,
Kann drauf oder drunter sich schlafen legen,
Er trennt sich von ihm nicht in größter Hitze
Und nimmt ihn zum Pfühle oder zum Sitze.
Gerollt aber muß der Mantel sein,
Das ist das Schlaue, das Wahre allein.
Wie er dann zu anderen Dingen noch gut,
Erzähl' ich euch jetzt mit fröhlichem Muth. —
Das Frühstück, Rendez-vous auch genannt,
Hält auf dem Marsche man, wie bekannt,
Am Weg, im Graben, im Wald, auf der Au,
Wie's trifft, und daß der perlende Tau

Uns weiter nichts als die Stiefeln benetzt,
Man auf den gerollten Mantel sich setzt.
So rief ich denn einmal dem Burschen zu:
„Gieb Deinen gerollten Mantel mir Du!"
„Herr," lächelt der Bursche höchst verschmitzt,
„Es geht nicht, daß auf dem Mantel Ihr sitzt."
Und da ich frug nach der Antwort Sinn,
Erfuhr ich, es wären „Nadeln darin".
Wir sahen verwundert uns an und lachten
Und sagten nichts, fragten nichts weiter, dachten
Nur unser bescheiden Theil dabei,
Was das für Art von Nadeln wohl sei.
Allein des Nachmittags im Quartier,
Da bringt der Brave den Mantel mir
Und rollt ihn mit großer Vorsicht auf;
Da kamen zum Vorschein denn die Nadeln,
Und ich — ich konnt' ihn nicht drum tadeln,
Als er sie pflanzte vor uns auf.
Es waren nicht solcher Art, die stachen,
Ach nein! ganz andrer Art, wir brachen
Den Nadeln die silbernen Hälse entzwei
Und stachen sie aus und sangen dabei. —
Der Fall doch mal wieder das Wort recht stützt,
Daß der Mantel mich nun und nimmer nichts nützt,
Wenn er nicht gerollt ist.

Im Walde von Fontainebleau.

„Still, Schwager! stoß nicht so keck in das Horn,
Bedenke, daß hier hinter Hecke und Dorn
Verrath und Tod dich umlauern;
Zum Schweigen brächte wohl deinen Tusch
Hervor aus dem Dickicht, heraus aus dem Busch
Die Kugel bewaffneter Bauern.

„Du fährst nicht zu Hause den sichern Weg,
Verhau'n ist die Straße und Brücke und Steg,
Und es dämmert, der Tag geht zur Neige;
Treib an deine Gäule mit Hü! und Hallo!
Es spukt in dem Walde von Fontainebleau,
Horch! — hörst du nicht knacken die Zweige?"

Ihn gruselt es nicht, er bläst mit Gewalt,
Als führ' er die Post im Thüringer Wald,
Da kennt er im Dunkeln die Gleise:
„Es ritten drei Reiter zum Thore hinaus,
Feins Liebchen schaute zum Fenster heraus —"
So schmettert die lustige Weise.

Da tönt aus dem Walde ein gellender Pfiff,
Und von rechts und von links da knallt es paff! piff!
Und es stürzt ihm ein Pferd vor dem Wagen,
Und es raschelt im Laube — da kommen sie schon,
Da hast du's, leichtsinniger Postillon!
Jetzt geht es an Kopf uns und Kragen.

Doch flink von dem Bocke, mit kräftigem Schnitt
Zertheilt er die Stränge, in sausendem Ritt
Entflieht er der jauchzenden Meute.
Wie hungrige Wölfe das sterbende Wild,
So fallen sie an — welch nächtliches Bild! —
Die meuchlings eroberte Beute.

Nun geht es an's Plündern mit wüstem Geschrei,
Sie theilen und streiten und kämpfen dabei
Um der Liebe freundliche Gaben;
Und nahm sich der Eine ein wärmendes Kleid,
So entreißt's ihm der Andre voll Gier und voll Neid,
Sie zerren herum sich wie Raben.

Die Briefe der wirbelnde Wind verweht,
Sie können's nicht lesen, was drinnen steht,
Und treten sie unter die Füße.
Da liegt nun im Kothe, was Mütterchen schrieb,
Wie sie bangt und zittert, die Hand so lieb,
Und der Liebsten herzinnige Grüße.

Wie aber das leuchtende Morgenroth
Des Waldes säuselnde Wipfel umloht,
Da naht sich's, den Frevel zu ahnden.
Sie kommen zu Fuß und kommen zu Roß,
Die Büchsen geladen mit scharfem Geschoß,
Die Räuber im Walde zu fahnden.

Und als die Sichel des Mondes bleich
Herunter blickt auf das dämmernde Reich
Der moosigen Eichen und Föhren,
Da war es stille, der Vogel schwieg,
Da hingen in Schlingen wie Dohnenstieg
Zwei Dutzend von Franctireuren.

Moret, November 1870.

Sadowa.

Kaum schlief das Echo ein, betäubt, verwirret
Vom Schlachtgetöse unter Wodans Speer,
Noch — die Verfolger auf der Ferse — irret
Unstät und flüchtig das geschlagne Heer;

Noch sind sie nicht gezählt, die alle blieben,
Noch tropfet von des Siegers Schwert das Blut,
Noch sind versenkt nicht alle todten Lieben,
Noch raucht im Feld der Dörfer Aschengluth;

Da zuckt wie Wetterleuchten durch die Lüfte
Ein Ton, dem jedes Herz entgegenschlägt;
Klang's nicht wie: Friede! um die frischen Grüfte?
Und keine Glocke froh ihn weiter trägt?

Wer sprach das Wort? wer will am Schicksal rütteln?
Das zweite Kaiserreich übt Menschenpflicht?
Ach! zweifelnd seh' ich euch die Häupter schütteln,
Das Kaiserreich? — das ist der Friede nicht!

Wer's wagt, in das gezückte Schwert zu fassen,
Deß Griff muß fest, sein Handschuh Eisen sein,
Wer Kämpfern droht, vom Morden abzulassen,
Steh' selbst gepanzert über Brust und Bein.

Gieb Raum, o Kaiser! wo Geschosse schwirren!
Du hältst das Rad nicht auf in seinem Kreis,
Des Friedensstifters Waffen hör' ich klirren,
Und leicht errath' ich seines Friedens Preis.

Wir waren Deiner Hülfe nicht gewärtig
Und woll'n sie nicht, die man von Dir gewohnt,
Mit unsern Feinden werden wir schon fertig,
Wenn man mit unsern Freunden uns verschont.

Und deutsch Gebiet? Dir?! keinen Maulwurfshügel!
Der Deutsche schlägt sich nicht au premier sang,
Einst war das Elsaß deutsch, — Sehnsucht hat Flügel,
Bedenk' es wohl: l'appétit vient en mangeant!

Quedlinburg, Juli 1866.

Sedan.

Nun endlich weicht die Nacht; im Morgengrauen
Verkündet sich der Tag, die Luft ist kalt,
Die Wolken hängen tief, und Nebel brauen,
Breit über's Thal ein dichter Schleier wallt,
Auftauchend wie aus See'n die Berge schauen,
Um die sich's wirbelnd spinnt und webt und ballt.
Wie schnell die Dämmrung auch am Himmel schreitet,
Im Tiefen wider sie der Nebel streitet.

Von nah und ferne matte Feuer glimmen
Durch Dampf und Rauch mit trübem, fahlem Glast,
Und dumpf Getös, Hufschlag und Ruf von Stimmen
Tönt fern und nah und wogt in Eil und Hast,
Es rollt und rasselt, scheint bergan zu klimmen
Und dröhnt erschütternd wie von schwerer Last.
Wie Geisterzug, nicht sichtbar in der Nacht,
So braust, in Dunst gehüllt, das Heer zur Schlacht.

Um Sedan stand der Feind; ihn zu umringen,
Wie um ein Eiland starrt das graue Meer,
Zur Flucht nach Belgiens Grenzen ihn zu zwingen,
Doch hielt er Stand und setzt' er sich zur Wehr,
Mit Eisenarm ihn tödtlich zu umschlingen
Und in die Festung einzusperrn das Heer,
Das war der Plan, vom Feldherrn wohl erwogen.
Der Aufmarsch nun begann in weitem Bogen.

Die Posener und Hessen überbrückten
Bei Donchery die Maas, eh' Tag begann,
Die Garden Preußens und die Sachsen rückten
Nordwärts und griffen als die ersten an,
Und auf des Feindes rechten Flügel drückten
Die Baiern unter General von Tann,
Doch in Reserve, bis sie Arbeit fanden,
Die Schlesier und die Württemberger standen.

Und es beginnt der große Waffengang;
Zwei Heere, die gewalt'ge Kraft zu messen,
Stehn Aug' in Auge, eines in dem Drang,
Von Wörth die Niederlage zu vergessen,
Das andre, mit des Sieges goldnem Klang
Den Feind vernichtend in den Tod zu pressen.
Dort trotzige Verzweiflung, blinde Wuth,
Hier felsenfest Vertrau'n und deutscher Muth.

Da spei'n die Berge Feuer gleich Vulkanen,
Aus denen sich die Gluth zu Tage hebt,
Und heulend auf den ungeseh'nen Bahnen
Geschoß hart an Geschoß vorüber strebt,
Wie wenn Dämonen stritten und Titanen,
Die Luft erzittert und die Erde bebt.
So tobt und donnert der Geschütze Kampf,
In Wolken raucht zum Himmel auf der Dampf.

Und wie es auf den Bergen tost in Wettern,
So in den Thälern wogt der Männermord,
Die Trommeln wirbeln und die Hörner schmettern,
Viergliederige Salven krachen dort,
Aus Schützenlinien, die den Berg erklettern,
Gewehre knattern immer fort und fort,
Und Fahnen wehen, Bajonette stürmen,
Im Kugelregen sich die Todten thürmen.

Wie ward um jedes Dorf gekämpft, gerungen!
Zu dem Gewehr griff selbst des Bauern Hand,
So in Bazeilles, wo Baiern eingedrungen,
Schießscharten zeigte jedes Hauses Wand,
Da haben Mann und Weib die Axt geschwungen,
Verwundete geschleppt in Feuers Brand.
Doch nichts entrann den tief empörten Rächern,
Hoch schlug die Lohe auf aus allen Dächern.

In blutig saurer Arbeit nur gewinnen
Die Sachsen, Garden, Baiern hier im Thal
Vom Feinde Boden, und die Stunden rinnen,
Die Sonne sendet ihren ersten Strahl
Durch Dampf und Nebel auf der Berge Zinnen
Und leuchtet Freund und Feind jetzt ohne Wahl;
Sie deuten's beide sich als Himmelszeichen,
Und Keiner will dem Andern lebend weichen.

Derweilen war, indeß sie heiß hier stritten,
Das elft' und fünfte Corps herangeeilt,
Im Westen hatten sie den Feind umschritten
Und griffen bei St. Monges unverweilt
In das Gefecht; der Feind, so in der Mitten,
War in drei scharfe Feuer eingekeilt,
Denn in der Flanke, wie in Front und Rücken
Granaten hagelten aus deutschen Stücken.

Zurückgeworfen von den braven Steitern,
Gedrängt auf seine letzte Position,
Versucht der Feind den Durchbruch mit den Reitern
Und opfert manche stattliche Schwadron
Vergeblich, an der deutschen Ruhe scheitern
Die Stöße all, es wankt kein Bataillon;
Die Afrikauer stürmen wüthend vor,
Zu spät! es öffnet nirgends sich ein Thor.

Geschlossen ist der Ring, der eng und enger
Von allen Seiten sich zusammenzieht;
So steht der Leu im Kreise seiner Dränger
Zum Sprung bereit, wie er dem Tod entflieht.
O leihe du, der Ilias großer Sänger,
Die Töne deiner Leyer meinem Lied,
Hier ist ein Bild, ganz würdig deiner Farben,
Wie die Achaier siegten, Troer starben.

Auf einem Berg, das Schlachtfeld überschauend,
Vom Stab umringt, das Fernrohr in der Hand,
Auf seine gute Sach' und Gott vertrauend
Der königliche Feldherr schweigend stand
Vor einem Schauspiel, sich aus Scenen bauend,
Wie keines Dichters Phantasie erfand;
Zwei Völker rangen um die künft'ge Zeit,
Verkündend Weltgericht in Kampf und Streit.

Entscheidung naht, auf allen Höhen fahren
Im ganzen Umkreis Batterieen auf,
Tod und Verderben schleudernd in die Scharen
Des Feindes, die in dichtgedrängtem Hauf
Schon unentrinnbar rings umzingelt waren,
Zur Flucht jetzt wenden zügellosen Lauf.
Die Schlacht, die ungeheure, ist geschlagen,
Von der die späte Nachwelt noch wird sagen.

Und das geschlagne Heer mit seinem Trosse
Drängt in die Thore Sedans jetzt hinein,
Da sterben tausend unterm Huf der Rosse,
Hinweg geht's über zuckendes Gebein,
Und in den Knäuel wüthen die Geschosse,
Schon brennt die Stadt, die Häuser stürzen ein,
Unsagbar Elend, unerhörter Schrecken —
O laßt die Augen mit der Hand mich decken!

Mit einem weißen Tuch an hoher Lanze
Erscheint mit dem Trompeter ein Gen'ral
Und winkt Ergebung von dem Mauerkranze,
Doch der Trompete rufendes Signal
Verhallt, es tobt von jedes Berges Schanze
Der Schlachtendonner noch hinab in's Thal;
Verborgen bleibt dem Auge wie dem Ohre
Das Zeichen, sieh! da öffnen sich die Thore.

Und stille wird's auf einmal in der Runde,
Kein Schuß — kein Laut — des tiefsten Schweigens Bann —
Es ist die Ahnung einer großen Stunde,
Selbst die Natur hält ihren Athem an.
Dann schnell wie Blitz verbreitet sich die Kunde:
Der Feind ergiebt sich, unser ist Sedan.
Da braust's zum Himmel auf wie Sturm am Meer,
Victoria! jauchzt das ganze deutsche Heer.

Jetzt naht von dort auf den zerschoßnen Wegen
Ein Offizier; was glänzt in seiner Hand?
Ein Schreiben ist's und seines Kaisers Degen,
Den er, vom Kaiser selber abgesandt,
Dem König Wilhelm soll zu Füßen legen
Auf Frankreichs Boden, hier im eignen Land.
Der König nimmt den Degen und den Brief:
„Herr Gott! wie führest Du mich, der Dich rief!"

Das also ist das Ende! D e r gefangen,
Der an dem Kriege nicht die schwerste Schuld,
Mit dem auf seinem Weg, dem blutig langen,
Das Schicksal übte wunderbar Geduld;
Doch nun ist's mit ihm in's Gericht gegangen
Und übergiebt ihn dessen Gnad' und Huld,
Den er wie Keinen freventlich beleidigt,
Der gegen ihn sein Vaterland vertheidigt.

Mild mit des Sonnenunterganges Gluthen
Senkt sich der Abend nieder nach der Schlacht,
Schon dunkelt's, viele tausend Wunden bluten,
Viel tausend Todten wird das Grab gemacht;
Da schwellen, wie vom Abendwind die Fluthen,
Noch feierliche Klänge durch die Nacht,
Musik ertönt, einstimmet Chor auf Chor,
„Nun danket Alle Gott!" steigt rings empor.

Und als des Ostens Thore neu entriegelt
Die Morgenröthe und dem Tage winkt,
Der stillen Schläfer bleiche Wange siegelt
Mit leisem Kuß, mit Rosenhauch sie schminkt,
Im Küraß sich des todten Reiters spiegelt
Und überall auf Wehr und Waffen blinkt,
Da rollt ein Wagen her aus Sedans Mauern,
Drin sitzt ein Mann in tiefem, stummem Trauern.

Er ist's! — Fort! fort! die edlen Rosse schäumen,
Nur fort vom Schlachtfeld, wo der Tod gehaust,
Er müßte von den Sterbenden sonst träumen,
Dort droht ihm Einer mit geballter Faust,
Und dort der stiere Blick! — die Rosse bäumen
Sich vor dem Blutgeruch, ihm selber graust —
O nein! in diesem Antlitz nichts sich rührt,
Er kennt den Weg, der über Todte führt.

„Halt! Cäsar!" — Einer fällt ihm in die Zügel
Und reißt die Brust sich auf, „schau her zur Stell'
Auf diesen Schuß, auf jener Todten Hügel,
Ich selber stehe an dem dunklen Schwell,
Doch sag ich Dir, wir springen in die Bügel,
Flieh, wie Du kannst, die Todten reiten schnell!
Wir müssen hier um Dich, nicht für Dich, sterben,
Doch — das ist Trost! — auch Dein Glück liegt in Scherben

Die in den Straßen von Paris gestorben,
Die in den Kerkern wurden alt und stumpf,
Die auf der heißen Insel sind verdorben
Und in Cayenne an dem Fiebersumpf,
Und wo um Ruhm und nur um Ruhm geworben
In fremder Erde faulet manch ein Rumpf,
Die stehen Alle auf, wie wir, wie wir,
Und krächzen: Fluch! Fluch ewig Dir!"

Fort! fort! — Da sinkt er, wie die Andern sanken,
Die Räder rollen übern Leib dem Mann,
Der Kaiser fühlt des Wagens schrecklich Schwanken,
Hält taumelnd mit der Hand am Schlag sich an,
Und schneller führet ihn mit den Gedanken
Hin über's Feld das schnaubende Gespann.
Der Tod, den er gesucht, ihn noch verschmähte,
Der Pflanzer soll erst ernten, was er säte.

Ein Preuß'scher Grenadier mit fleiß'gem Sinn,
Das Kreuz von Königgrätz am Waffenrocke,
Putzt sein Gewehr, hält mit der Arbeit in,
Zeigt auf den Wagen mit dem Ladestocke,
Und ruft: „Kam'raden seht! da fährt sie hin,
Die Rache für Sadowa, stolz vom Bocke,
Der blies uns Halt! als wir bei Preßburg standen,
Ja, ja! so geht der Ruhm der Welt zu Schanden!"

Jul. Wolff, Aus dem Felde.   4

Bei Frésnoy ein Schlößchen schaut ins Land,
Da war es, wo voll hoher, ernster Würde
Der König Wilhelm vor dem Manne stand,
Der tief gebeugt, geknickt von seiner Bürde,
Im müden, kalten Auge Thränen fand,
Die keine, keine Hand ihm trocknen würde,
Könnt' auch sein ganzes Volk hier Zeuge sein,
So stand er da, verlassen und allein.

Der auf dem glänzendsten der Throne saß,
Gefangen wird er aus dem Land gewiesen,
Der über's Rund der Erde sich vermaß,
Als Hort und Richter sich zu sehn gepriesen,
Der Eines nur, der Kluge, Eins vergaß,
Den Grund, auf dem sie wächst, die Kraft des Riesen.
Lösch aus, du blendend Licht, nun stumm und fern,
Dein Schein war Trug, du warst kein echter Stern!

Daß sich des Dramas letzter Akt entrolle,
Stehn schon die Unsrigen gefechtsbereit,
Und das gefangne Heer, das unmuthsvolle,
Rückt jetzt heran, ergießt sich weit und breit,
Und nieder auf die blutgetränkte Scholle
Streckt es die Waffen, die es trug im Streit.
Und wie es dann nach Deutschland wird gesendet,
Hat sein erschütternd Schicksal sich vollendet. —

Das war ein Schlag, Germania! der wird klingen,
So lang der Rhein die Woge rollt zu Thal,
Der kam daher wie auf des Sturmes Schwingen
Und fuhr hernieder wie ein Wetterstrahl,
Des Feindes Hochmuth in den Staub zu zwingen;
Da setzte die Geschichte sich ein Mal
Mit einem Sieg, wie nie die Welt ihn pries,
Und nun, Germania, weiter! nach Paris!

Inmitten der Brücken zu Montereau.

Inmitten der Brücken zu Montereau,
Eh' die Yonn' in die Seine geflossen,
Da steht, wie er leibte und lebte, so
Ein Reiter in Erz gegossen.
Und in den Stein zu Füßen dem Held
Sind Lettern gegraben, die sagen,
Daß einst der Reiter hier auf dem Feld
Die Württemberger geschlagen.

Jüngst stand in kalter Novembernacht
Hier zwischen den beiden Brücken
Ein junger deutscher Soldat auf Wacht
Und kehrte dem Bilde den Rücken.
Da klang's ihm auf einmal wie Rosseshuf
Auf sprühende Kiesel geschlagen,
Und hinter sich, über sich hört er den Ruf,
Wie von Erz ein tönendes Fragen:

„Steh' Rede da unten! wer bist Du, Gesell?
Was hast Du mit blinkenden Waffen,
Ein Fremdling in Kriegers Gewand, zur Stell'
Im Kaiserreiche zu schaffen?" —
„„Das Kaiserreich stürzte mit sammt dem Thron
Wie vor der Sense die Saaten,
Und ich bin Einer von der Million,
Die in Frankreich steht, deutscher Soldaten.""

„Wie kamt ihr ins Land, wo als Feinde ihr haust?" —
„„Im Sturmschritt mit klingendem Spiele,
Gefällt das Gewehr, das Schwert in der Faust,
In gestrecktem Galopp ging's zum Ziele.
Der König von Preußen commandirt
Des einigen Deutschlands Streiter,
Von seinen reisigen Fürsten geführt.
Was wir wollen? Frieden! nichts weiter.

Du weißt es nicht, Du auf dem ehernen Pferd,
Wie man uns verstört und verkümmert
Den Fleiß in der Werkstatt, die Ruhe am Herd
Und Glück und Frieden zertrümmert.
Sie hörten nicht auf, mit dem Kriege zu drohn,
Bis der Rhein dem Joche sich füge,
Da standen wir auf, zu rächen den Hohn,
Zu zerschmettern die Geister der Lüge.""

„Wo steht mein Neffe mit seinem Heer?
Euch wehrten nicht Frankreichs Söhne?" —
„„Generale und Heere sind nicht mehr,
De mortuis nil nisi bene.
Zu Kassel im Schlosse des lust'gen Jerôme
Dein Neffe sitzt, den wir fingen,
Und unser ist wieder der Straßburger Dom
Und Elsaß und Lotharingen.""

„Und Paris?" — „„Das hungert schon lange Zeit,
Und wenn sie nicht bald unterhandeln,
Stehn tausend Feuerschlünde bereit,
Es in Schutt und Asche zu wandeln.
Es ist keine Rettung; Frankreichs Stern,
Der glänzende, ist im Erbleichen,
Durchreite die Felder nah und fern
Und sieh und zähle die Leichen.""

Da verstummte auf ewig der eherne Mund
Des alten Rufers im Streite,
Doch aus dem Erze tönt' es zur Stund
Wie eine zersprungene Saite.
Der Nachtwind seufzte, es rauschte leis
Im Wasser wie traurige Lieder,
Am Brückenpfeiler knirschte das Eis,
Die Schildwacht schritt auf und nieder.

Inmitten der Brücken zu Montereau,
Eh' die Yonn' in die Seine geflossen,
Da steht, wie er leibte und lebte, so
Ein Reiter in Erz gegossen.
Ein württembergisches Regiment
Ritt heute vorüber im Trabe,
Und unter der Schrift am Postament
Steht: Gesehn und genehmigt. Ein Schwabe.*)

Montereau, Dezember 1870.

*) Vu et approuvé, Occupation 1870.   Un Wurttembergeois.

Ein Franctireur.

—

Eisig von den Juraketten
Bei der Dämmrung letztem Schimmer
Blickt der Winter, Zwielicht waltet,
Sternenglanz und Schneegeflimmer.

Vor dem Dorfe friert ein Posten,
Wachet über Weg' und Stegen,
Hört aus weiter, weiter Ferne
Schwer Geschütz in dumpfen Schlägen.

Wie er horcht und späht die Runde,
Sieh! da regt sich's hinterm Strauche,
Und es schmiegt sich durch's Gestrüppe
Wie die Schlange auf dem Bauche.

Kriecht hervor auf allen Vieren,
Duckt sich nieder, hockt und kauert,
Schleicht dann näher, rastet wieder,
Hebt den Kopf und spürt und lauert.

Nicht dem Auge des Soldaten
Ist des Feindes Nahn entgangen,
Und er steht wie angewurzelt,
Schußbereit ihn zu empfangen.

Auf der leuchtend weißen Fläche
Glaubt er deutlich zu erkennen
Jener Schützen braune Blouse,
Die sich Franctireure nennen.

Auf sein Werda keine Antwort,
Und mit halb erstarrten Knöcheln
Drückt er los, — ein Todesaufschrei
Und ein rauhes, tiefes Röcheln.

„Einer von uns beiden," spricht er
Wieder ladend, „mußte sterben,
Und den Schnee des Bodens mußte
Dein Blut oder meines färben."

Und er eilet hin zur Stelle,
Wo der Andre brach zusammen,
Sieht in seinem starren Blicke
Noch des Hasses Rachgier flammen.

Doch statt des bewehrten Mannes,
Dem die Kugel er gesendet,
Findet er in braunem Pelze
Einen zott'gen Wolf verendet.

„Arme Bestie! einen Schlimmern
Hofft' ich beinerstatt zu treffen,
Doch wer heißt dich," spricht er lachend,
„Franctireuren nachzuäffen?

Wer hat mehr gelernt vom Andern,
Uns in's Jenseits zu befördern?
Seid ihr beide doch von einer,
Einer Sippe Meuchelmördern."

Laignes (Côte d'or), Januar 1871.

—•—

Die Fahne der Einundsechziger.

Vor Dijon war's; — doch eh' ich's euch erzähle,
Knüpf' Einer doch die Binde mir zurecht,
Mich schmerzt der Arm, sie sitzt wohl schlecht;
So! — so! — nun euer Herz sich stähle!
Vor Dijon war's; die Pässe der Vogesen
Bedrohte Garibaldi's bunte Schaar,
Bourbaki kam von der Loire,
Das hartbedrängte Belfort zu erlösen.

Gefahr war im Verzug; drei bange Tage
Hielt Werder gegen Uebermacht schon Stand
Bei Mömpelgard, und in der Hand
Des Kriegsgotts schwankte schier die Wage.
Wir Pommern hatten vor Paris gelegen
Und waren schon im Marsch, das zweite Corps
Und auch das siebente ging vor
Von Orleans auf hartgefrornen Wegen.

In Dijon mußten wir den alten Recken
Und griffen ihn, zwei Regimenter, an
Mit seinen fünfzigtausend Mann,
Den Flankenmarsch der Corps zu decken.
Der Alte von Caprera ließ sich blenden,
Hielt die Brigade für die ganze Macht,
Und Nachmittags begann die Schlacht,
Die ach! für uns so traurig sollte enden.

Die Einundzwanz'ger auf dem rechten Flügel
Des ersten Treffens hatten schwer Gefecht,
Wir also vor! und grade recht,
Mit Hurrah! nahmen wir die Hügel.
Dem Feinde auf der Ferse ging's verwegen‘
Bis in die Vorstadt Dijons jetzt hinein,
Hier aber aus der Häuser Reih'n
Kam mörderisches Feuer uns entgegen.

Im Steinbruch, mit dem Bajonett genommen,
Da fanden wir vor eines Ausfalls Wucht,
Zum Sammeln durch die steile Schlucht
Gedeckt, nothdürftig Unterkommen.
Doch die Fabrik dort in der rechten Flanke
Wie eine Festung auf uns Feuer spie,
„Vorwärts! die fünfte Compagnie
Zum Sturm auf die Fabrik, und Keiner wanke!"

Der Tambour schlägt, es geht wie zur Parade,
Die Fahne fliegt uns hoch und stolz voran,
Doch klopft das Herz manch treuem Mann
Beim raschen Schritt auf diesem Pfade.
Wie Salven rollt und pfeift es in die Glieder,
Es rast der Schnitter Tod und fällt und mäht,
Und wie er seine Reihen sät,
Da sinkt die Fahne und ihr Träger nieder.

Aus dem Gedräng' ein Offizier sie rettet,
„Mir nach!" so ruft er und stürmt kühn voraus,
Doch aus dem unglückfel'gen Haus
Grüßt ihn der Tod, der eilig bettet.
Selbst blutend springt der Abjutant vom Pferde,
Erfaßt die Fahne, schwingt sie hoch empor, —
Da deckt sein Auge dunkler Flor,
Und sterbend küßt sein bleicher Mund die Erde.

Was fällt, das fällt! vorwärts durch Tod und Flammen
Zwei brave Musketiere greifen zu,
Der Eine stürzt: „Versuch' es Du!"
Doch auch der Andre bricht zusammen.
Nun fällt der Führer auch, wir müssen weichen,
Ein Häuflein war der Rest, vom Feind umringt,
Das schlägt sich durch, und es gelingt,
Den Steinbruch endlich wieder zu erreichen.

Da dachte Keiner seiner eignen Wunde,
Wer jetzt noch aufrecht stand in Nacht und Graus,
„Die Fahne fehlt! holt sie heraus!“
So scholl es laut von Mund zu Munde.
Ein Halbzug wird zum Suchen ausgesendet
Und — kommt nicht wieder, Alle blieben todt,
Uns bebt das Herz, allmächt'ger Gott!
Hast Du Dich zürnend gegen uns gewendet?

„Freiwill'ge vor!“ — Da blieb nicht Einer stehen,
Der noch sein heiß Gewehr in Händen hielt,
Und sechs, die um das Loos gespielt,
Sehn in die Nacht hinaus wir gehen. —
Zurück, vom Feind verfolgt, ein Einz'ger kehrte,
Der blutete, verhüllte sein Gesicht
Und schwieg, — die Fahne bracht' er nicht,
Und Keiner, Keiner seinen Thränen wehrte. —

Am andern Tag, so ließ Ricciotti melden,
Fand man die Fahne, fest in starrer Hand,
Zersetzt, zerschossen, halb verbrannt
Und unter Haufen todter Helden. — —
Wenn wir nun ohne Fahne wiederkommen,
Ihr Brüder allesammt, gebt uns Pardon!
Verloren haben wir sie schon,
Doch keinem Lebenden ward sie genommen.

Laignes (Côte d'or), Februar 1871.

In der Kirche zu Pérouse.

In Pérouse durft' ich raften,
Noch bevor es Abend warb,
Nach der Tage Fähr und Laften,
Nach dem Kampf um Mömpelgarb.

Alle Häuser, alle Hütten
Trugen des Gefechtes Spur,
Was die Kugeln überschütten,
Dauert in Ruinen nur.

Und ich wandelte mit Grauen
Nach des Dorfes schönftem Bau,
Um mit Sorg' und Schmerz zu schauen
Nach dem Kirchlein, altersgrau.

Ach! an tiefften Friedens Orte
Juft des Krieges rauh'ftes Bild,
Von den Heil'gen an der Pforte
War nicht einer Schirm und Schild.

Mit zerstörenden Gewalten
Drang herein des Kampfes Graus,
Platzende Granaten hallten
Donnernd in dem Gotteshaus.

Durch die Mauern, durch die Bogen,
Jetzt vom Abendroth durchstrahlt,
Kamen sausend sie geflogen,
Durch die Fenster, bunt gemalt.

Von Lebend'gen, die sie trafen,
Starret Blut noch für und für,
Bei den Todten, die hier schlafen,
Pochten sie an Grabes Thür.

Wo des alten Steinmetz Meißel
Tiefen Sinns die Kunst gepflegt,
Hat des Krieges blut'ge Geißel
Jetzt erbarmungslos gefegt.

Trümmer liegen rings gestreuet
Hier und dort in wirrem Hauf,
Was das Auge einst erfreuet,
Maßwerk, Laub und Säulenknauf.

Hier die Waffen der Erschlagnen,
Dort der Kirche Pracht und Zier,
Von der Wölbung, der getragnen,
Stürzten diese Lilien hier.

Die Madonna mit dem Sohne,
Märtyrer gebenedeit,
Waren auch auf ihrem Throne
Vor dem Sprengstück nicht gefeit.

Grauenvolle Wunderthaten,
Wie die Kugel manchmal trifft,
Bilderstürmer, die Granaten,
Scheuen Bannspruch nicht und Schrift.

Hoch vom Kreuze am Altare
Sterbend der Erlöser blickt
Mit dem Dornenkranz im Haare, —
Auch das Kreuz, es lag geknickt.

Auch das Zeichen der Versöhnung
Durch Gewalt und Mord entweiht,
Mich ergriff es wie Verhöhnung
Von der Liebe Ewigkeit.

Grad bis in den Beichtstuhl sparte
Eine Kugel ihre Kraft,
Und nicht flüsternd offenbarte
Sie geheime Wissenschaft.

Schade, daß sie nicht erreichte
Auf dem Platz den schwarzen Herrn!
Solchen Beichtkinds Ohrenbeichte
Gönnte ich dem Pfaffen gern,

Der den Aufruhr hat geschüret
Und den wilden Haß entflammt
Und zum Meuchelmord verführet
Und des Friedens Geist verdammt.

Auch die Kanzel ward zerschmettert
Mit Gekrach und Donnerton,
Und herunter hat gewettert
Die Granate den Sermon:

Hier gebetet und geprebigt
Habt ihr für den großen Krieg,
Und der Wunsch ist euch erlebigt
Schnell genug, — ich bin der Krieg!

Auf der Kanzel hier gesündigt
Habt ihr gegen Gott und Welt,
Von der Kanzel sei's verkündigt,
Wie ihr Lug und Trug gestellt.

Sehet, wie ich euch zersetzte,
Was ihr mühsam aufgericht,
Und ich selber bin der Letzte,
Der hier donnernd Amen! spricht.

Châtillon a. d. Seine, März 1871.

Frühling.

Lang eh der Winter geht zu Rüste
In unfrer Heimat Flur und Hain,
Grüßt schon der Lenz die „goldne Küste"
Mit seinem warmen Sonnenschein.
Die Knospen schwelln, die Blätter fragen
Neugierig nach der Zeiten Lauf,
Und schon die ersten Veilchen schlagen
Die dunkelblauen Augen auf.

Euch Boten, die der Frühling sendet,
Euch greif' ich, schick' euch flugs nach Haus,
Daß dort ihr eure Düfte spendet
Und schaut nach meiner Liebsten aus.
Durchhaucht die Worte, die ich schreibe,
Mit eures Blumengeistes Wehn
Und sagt ihr, daß ich treu ihr bleibe,
Und daß ihr mich gesund gesehn.

5 *

Es bleib' verschont vom blut'gen Kampfe
Der Strauch, nach dem ich mich gebückt,
Und keines Rosses Huf zerstampfe
Den Boden, da ich euch gepflückt.
Und lächelt bald wie Lenz der Frieden
Nach Winters Graus, nach Krieges Qual,
Dann sei zum zweiten Mal beschieden
Ein Frühling uns im Heimatthal.

Côte d'or, Mitte Februar 1871.

Unter dem Ahorn.

Er war der Einz'ge an dem Tag, der blieb,
Drum liegt er auch in seinem Grab allein,
Und unter einem Ahorn muß es sein,
Den Baum hatt' er vor allen andern lieb.
Nur wenige daheim im Forste standen,
Doch einer war sein Liebling in dem Schlag,
Und hatten wir reviert den ganzen Tag,
Da war's, wo wir uns immer wiederfanden.

Einst traf ich ihn bei jenem Ahorn just,
Daß er zwei Namen in die Rinde schnitt,
War ganz vertieft, vernahm nicht meinen Schritt
Und warf sich jubelnd dann an meine Brust. —
Ich drang darauf, als wir zur Ruh ihn brachten
Nach dem Gefecht hier an dem Waldes Saum,
Sein Grab zu graben unterm Ahornbaum,
Was auch die Wurzeln uns für Arbeit machten.

Doch halt! hier ist's, wo wir ihn hingelegt,
Ich selbst schrieb in den Baum da Wort für Wort,
Waldblumen, die wir pflanzten, sind verdorrt,
Und keine Hand hat ihm sein Grab gepflegt.
Es braußten um den Hügel Wind und Wetter —
Er hört sie nicht mehr in dem dunklen Schoß —
Nur spärlich Gras und kümmerliches Moos
Find' ich darauf und welke braune Blätter.

Noch Sommer war's, da ihn die Kugel traf
Grad in die Stirn, in's jugendliche Haupt,
Jetzt steht der Wald hier winterlich entlaubt,
Und Frühling ward's, — er schläft den Todesschlaf.
Deutsch aber ist die Scholle, die ihn decket,
Im Feuer ward sie wieder deutsch getauft,
Er selber hat mit seinem Blut erkauft
Den Grund, auf dem er sterbend lag gestrecket.

Du ruh' in Gott! Dein Waidwerk ist gethan;
Wie fröhlich haben beide wir gejagt,
Dein Schuß hallt nicht mehr frühe, wenn es tagt,
Dich treff' ich nicht mehr auf des Wildes Bahn.
Den Platz hier hab' ich selber Dir bereitet,
Wie Du ihn liebst; der Wald wird wieder grün,
Und Blumen werden um den Jäger blüh'n,
Vielleicht auch mal ein Reh vorüberschreitet.

Ade! zur Heimat wende ich den Fuß,
Da werd' ich Deine liebe Mutter sehn,
Den Förster auch und auch — Du weißt schon wen,
Ihr bring' ich nun von Dir den letzten Gruß.
Wenn ich in unserm Wald den Ahorn finde
Und auch das Herz mit den zwei Namen drin
Und ich dann ohne Freund und einsam bin,
Schneid' ich ein Kreuz darüber in die Rinde.

Deutsch Lothringen, März 1871.

Gerollt.

Das prächtige Trinkhorn dort an der Wand!
Wie kommt es nur hier in das Zimmer?
Ich möchte gern schreiben, doch immer und immer
Muß ich zum Trinkhorn schau'n an der Wand.
Wie alt mag es sein?
Aus Elfenbein
Ist es geschnitzt,
Und eingelegt
Wie Tropfen blitzt
Rubin und Smaragd.
Die daraus gesegt
Beim Schmaus, auf der Jagd,
Die ruhen längst
Von der wilden Hatz
Auf dem wiehernden Hengst,
Und da hängt nun der Schatz
Und vergilbt und verstaubt.
Vielleicht ist's geraubt

Aus Burg oder Schloß,
Wo der Ritter hielt Haus
Mit seinem Troß
In Saus und Braus.
Die Harfe klang,
Es klirrte der Sporn,
Und mit Gesang
Ging um das Horn
Von Mund zu Mund
Am Tafelrund.
Zerstört ist das Nest,
Im Kreuzgang ein Stein
Und dies Elfenbein
Ist der ganze Rest
Vom stolzen Geschlecht,
Das daraus gezecht. —
Ein herrliches Trinkhorn!
Ob's denn ganz hohl?
Und ob es wohl,
Gefüllt bis zum Rand
Vom Saft der Reben,
Recht schwer ist zu heben?
Ich steig' auf den Sessel
Und nehm's an der Fessel
Herab von der Wand.
Nur sachte, daß nicht
Dran etwas zerbricht!
Es wäre doch Schade,

Ich liebe sie so,
Die Trinkhörner grabe.
Da fällt etwas! oh! —
Es ist der Nagel,
An dem es hing,
Blitz, Donner und Hagel!
Nun kann ich das Ding
Nicht aufhängen wieder;
Was damit thun?
Wo laff' ich es nun?
Wo leg' ich es nieder? —
Wie schwer und mächtig,
Wie reich und prächtig,
Das alte Trinkhorn! —
Und wunderbar!
Da find' ich gar
Mit goldenen Stiften
Uralte Schriften:
Dô huob er ûf unde tranc,
Und Deutsch ist es, Gott sei Dank!
Wie aber kommt das nach Frankreich hinein?
Das muß aus Deutschland gestohlen sein,
Geplündert in Deutschland, solch kostbares Stück'
Das muß zurück!
Ein wahres Glück,
Daß ich's nahm von der Wand
In die Hand
Und heben wollt'!

Das Trinkhorn, — —
Das wird gerollt!

Und wüßt' ich zu finden
In Schränken und Spinden
Die Silbergeschirre,
Die einst im Gewirre
Der Invasion
Die große Nation
Auf flüchtigen Sohlen
Geraubt und gestohlen,
Ich bräche sie auf,
Die Schränke, die Hehler,
Und nähm' es zu Hauf'
Den Enkeln der Stehler.
Es ist nicht vergessen
Das Plündern und Pressen
Und freche Gebahren
Der fränk'schen Off'ziere
Im deutschen Quartiere
Vor sechzig Jahren.
Vorm Abmarsch kam
Ganz ohne Scham
Vom General,
Der sich empfahl,
Die Ordonnanz
Zur Frau vom Haus
Und bat sich ganz

Das Silber aus.
Sie geht zum Schrein
Und händigt ein
Dem wälschen Dieb,
Was ihr so lieb:
Die ganze Habe
Zum festlichen Brauch,
Die Morgengabe,
Den Brautschatz auch,
Und was beim Sterben
Die Mutter ihr ließ,
Und was sie oft
Der Tochter pries,
Der sie gehofft
Es zu vererben.
Das Herz ihr klopft
Vor Gram und Groll,
Und heiß und voll
Vom Auge tropft
Der Thränen Fall
Aufs edle Metall
Und glänzt und leuchtet
Wie Perlen im Gold.
So schmerzbefeuchtet
Nimmt's hin der Held
Wie baares Geld,
Als wär's sein Sold
Und sackt ihn ein

Und schleppt ihn fort,
Der deutschen Hausfrau Hort
Weit über den Rhein.

Wie würden sie schelten,
Wenn wir es vergelten
Und rächen wollten
Und alles rollten
Was uns gefiel!
's wär' leichtes Spiel.
Wenn wir so kommen
Zu Dreien und Vier
In neues Quartier
Und haben Alle
Von Haus und Stalle
Besitz genommen,
Wird unverweilt
Die Beute getheilt.
Wir schau'n mit Behagen
Im Zimmer umher
Und prüfen und fragen,
Was werth wohl wär'
Hier mitzunehmen,
Und dann gerollt
Wird Stück für Stück,
Nichts bleibt zurück,
Was nicht unter Riegel:
Von dem bequemen

Gepolsterten Sessel
Bis goldenem Spiegel
Und silbernem Kessel,
Die seidne Gardine,
Die Bronzefigur
Und vom Kamine
Vor allem die Uhr.
Nichts wird verschmäht
Von des Hauses Geräth
Und Schmuck und Zier
Im guten Quartier.
Die ganze Wohnung
Wird ohne Schonung
Und unbehindert
Gebrandschatzt, geplündert.
Ganz brüderlich theilen
Wir dann und verweilen
Mit Scherzen und Trinken,
Bis jedes Glas leer
Und müd' und schwer
Die Augen uns sinken.
Und wenn dann kaum
Schon dämmert der Tag
Und mit wirbelndem Schlag
Der Tambour uns weckt,
Der Trompeter uns schreckt
Aus dem Heimatstraum,
Dem friedlichen, holden,

Die Sterne noch golden
Am Himmel stehn,
Dann — nun, dann gehn
Wir wieder fort
Von Ort zu Ort
So leicht, wie wir kamen,
Und sackten und nahmen
Von allen den Stücken
Kein einziges mit.
Den Wirthen drücken
Die Hand wir und danken
Und schenken der Zofe
Noch auf dem Hofe
Gern ein paar Franken
Und sind dann quitt
Und gehn ohne Sorgen
Heute wie morgen
Aus feindlichen Wänden
Mit reinen Händen
Und heitern Gesichts,
Und gerollt ist nichts!

Und doch! wir kehren
Zurück nicht mit leeren
Händen und Taschen.
Wir mußten zu haschen
Ein Angedenken
An Kampf und Sieg,

Eh heimwärts lenken
Den Marsch aus dem Krieg
Die Schützen, die Reiter, Konstabel und Garden:
Hier! zwei Provinzen und fünf Milliarden,
Ja, die sind gerollt!

Côte d'or, März 1871.

Schimmel, ade!

Schimmel, ade!
Der Du auf Deinem breiten Rücken
Manch Kilometer sicher mich trugst,
Nie Dich vergingest mit Mücken und Tücken,
Scheu nicht wardst und im Stalle nicht schlugst,
Scharf im Galopp und ruhig im Schritte
Wie ein geborener Adjutant,
Fromm wie ein Lamm auf jeglichem Ritte,
Aber an Knochen ein Elefant,
   Schimmel, ade!

Schimmel, ade!
Freutest Dich, wenn ich den Nacken Dir klopfte,
Spitztest die Ohren bei unserm Gesang,
Und so oft ich die Pfeife mir stopfte,
Nahmest Du an den bedächtigsten Gang.
Manchmal in Deinem Sattel gedichtet
Hab' ich im Stillen, und ob auch von Blut
Du ein Franzose warst, hattest verzichtet
Auf die Revanche, wir vertrugen uns gut.
   Schimmel, ade!

Schimmel, ade!

Scheid' ich von meinem lenksamen Gaule,
Geb' ich ihm traurig den Abschiedskuß,
Nimm ihn nur hin mit dem schnuppernden Maule,
Wirst ja verkauft nun, mein Pegasus!
Ziehen wirst Du den Pflug, mein Wackerer,
Schwitzend unter des Bauern Joch,
Und, der deutschen Scholle Beackerer,
Deines Reiters gedenken noch.
          Schimmel, ade! ade!

März 1871.

Wieder am Rheine.

Mir her den Römer, den grünen,
Du Blonde mit wallendem Haar!
Das Glück hilft einzig dem Kühnen,
Kredenze und reich' ihn mir dar!
Ich faß' ihn am stattlichen Fuße,
Von Ranken und Blättern umbauscht,
Und schwenk' ihn dem da zum Gruße,
Der da unten woget und rauscht.

O daß ich ihn wiedersehe
Im leuchtenden Abendschein
Und wieder am Ufer hier stehe!
Grüß Gott dich, du blinkender Rhein!
Kaum seh' ich ihn fließen und rollen,
Bringt ihr zum Willkommen sogleich
Den Römer, den funkelnden, vollen,
Und ich leer' ihn auf Kaiser und Reich.

6*

Es lebe der Kaiser! umwoben
In hoheitprangendem Bild
Von Liebe des Volks und gehoben
Auf des Ruhmes strahlenden Schild.
Ein Hoch dem erstandenen Reiche!
Es sei, dem Sturme zum Trutz,
Die weithinschattende Eiche
Der Freiheit heiliger Schutz. —

Du blauäugig Kind! so trank es
Sich nicht in Champagn' und Burgund,
Da lächelte freundlichen Dankes
Uns nimmer ein rosiger Mund.
Sieh, Mädchen, vom flüssigen Golde
Die perlenden Tropfen noch da,
Die schlürf' ich auf Dein Wohl, Du holde,
Du junge Germania!

Am Ufer des Rheines, Ende März 1871.

Das eiserne Kreuz.

—

Wer auszog zu dem Kriege
Mit Waffen und mit Wehr,
Der hat auch Theil am Siege,
An Ruhm und aller Ehr.

Die sich im Feld geschlagen,
Die standen auf der Wacht,
Und die vor Vesten lagen
Und sie zu Fall gebracht.

Mit Säbel oder Lanze,
Wer wanderte, wer ritt,
Wer gegen Wall und Schanze
An den Geschützen stritt.

Mit Büchse und Muskete,
Mit Spaten oder Sporn,
Mit Trommel und Trompete,
Mit Fahne oder Horn.

Wer mit der Feldpost eilte,
Und wer die Brücken schlug,
Und wer die Kranken heilte,
Und wer die Todten trug,

Nicht Einer war, der zagte
In heißen Kampfes Gluth,
Und Keiner, der nicht wagte
Mit Freuden Gut und Blut.

Doch wer von allen Streitern
Ist h ö ch ste r Ehren werth?
Und wer von allen Reitern
Schwang wohl das bravste Schwert? —

Es ist von Ehrenpreisen
Am schwarz und weißen Band
Ein schwarzes Kreuz von Eisen
Mit hellem Silberrand.

Von all den bunten Bändern
Hat keines für mich Reiz
Aus aller Herren Ländern
Wie dieses schwarze Kreuz,

Schon haben in dem Zeichen
Die Väter einst gesiegt,
Als sie wie wir den gleichen
Streitsücht'gen Feind bekriegt.

Doch wo ein Greis gebücket
Am Sommertag sich zeigt
Mit diesem Kreuz geschmücket,
Gern jedes Haupt sich neigt.

So hoch warb es gehalten,
Ruht er im Grab bereits,
Heißt's noch, denkt man des Alten:
„Er hatte auch das Kreuz!"

Und als in unsern Tagen
Losbrach der alte Krieg,
Da warb auf's Neu geschlagen
Das Zeichen für den Sieg.

Wer hat es aufzuweisen
Am schwarz und weißen Band
Das schwarze Kreuz von Eisen
Mit hellem Silberand?

Schon Viele, die es haben,
Sind heimgekehrt bekränzt,
Und Viele sind begraben,
An denen es geglänzt.

Und Viele, die es tragen,
Sind noch in Feindes Land,
Der Feind, den sie geschlagen,
Schaut grollend Kreuz und Band.

Doch haben's denn nicht Alle
Das Kreuz, nicht Alle jetzt,
Die mit des Sieges Schalle
Ihr Leben eingesetzt?

Sie stritten und sie warben
Doch All' um einen Preis,
Und Mancher, der mit Narben
Von Kampf zu sagen weiß

Und sich mit seiner Ehre
Im Busen still beschied,
Steht in dem großen Heere
Schmucklos in Reih und Glied.

Ihm schweigt des Lobes Glocke,
Kein blinkend Stückchen Erz
Preist im gemeinen Rocke
Das echte Heldenherz.

Ich weiß, ihr schlichten Helden,
Ihr brauchet keinen Trost,
Kein Kreuzlein braucht zu melden,
Wie euch der Tod umtost.

Ganz Deutschland weiß, gerettet
Habt ihr's vor Schmach und Schand,
Ihr habt gewagt, gewettet,
Das Leben war eu'r Pfand.

Ganz Deutschland seinem Heere
Den Dank des Volkes bringt,
So weit vom Fels zum Meere
Die deutsche Zunge klingt.

Das Zeichen doch des Sieges,
Das Kreuz mit weißem Rand,
Wahrzeichen ist's des Krieges
Für's einige Vaterland.

Wer dafür sich geschlagen
Weit überm grünen Rhein,
Und darf er's auch nicht tragen,
Das Kreuz, das Kreuz ist sein.

Doch die ihr seid geküret
Und bringt's mit euch zurück,
Ehre, dem Ehr' gebühret!
Euch segnete das Glück.

Ihr geht daher in Freuden
Und traget frei und frank,
Den Männer euch beneiden,
Den Kaiserlichen Dank.

Und frohen Auges schauen
Voll süßer Dankeslust
Die holden deutschen Frauen
Auf die bekreuzte Brust.

Aus Eisen ward gegossen
Das Kreuz, schwarz wie die Nacht,
Doch leuchtend rings umschlossen
Von heller Silberpracht.

Es will euch deutend weisen,
Daß ernst und düster war
Und hart und schwer wie Eisen
Die Zeit, die es gebar.

Es mußten sein die Arme
Von Stahl mit Eisenmark
Und auch das Herz, das warme,
Wie Eisen fest und stark,

Daß aus den Wettern nächtig,
Aus tiefer, dunkler Noth
Aufstrahlte hell und prächtig
Der Freiheit Morgenroth.

Doch blinkt und blitzt am Orden
Im Sonnenschein der Rand,
So denkt, wie's Frühling worden
Im deutschen Vaterland,

Und daß der Feind vernichtet
Durch eures Schwertes Streich,
Und daß ihr habt errichtet
Das große deutsche Reich.

Ja! kränzet nur die Helme
Mit grünem Eichenlaub,
Weil ihr dem wälschen Schelme
Entrisset seinen Raub.

Doch mehr, als Kranz und Blume
Den Helm euch schmücken kann,
Steht eurem Heldenthume
E i n edler Schmuck wohl an.

Schön zieret den Soldaten
Die echte deutsche Art,
Die nach den kühnsten Thaten
Bescheidnen Sinn bewahrt.

Laßt uns mit Demuth tragen
Das Kreuz auf unsrer Brust
Und willig Jedem sagen,
Der uns zu fragen Lust:

Ich ging, wohin mich führte
Die Pflicht auf Schritt und Tritt,
Und that, was sich gebührte —
Mehr nicht! — ich stand und stritt.

Doch meinen Enkeln weisen
Dereinst, wenn sie's verstehn,
Will ich mein Kreuz von Eisen,
Daß sie's bei Zeiten sehn.

Und will sie lassen schwören
Auf's Kreuz am schwarzen Band,
Daß Herz und Hand gehören
Allstund dem Vaterland.

Bricht dann aus alten Gleisen
Noch mal hervor der Krieg,
Hurrah! du Kreuz von Eisen,
Dann wieder auf zum Sieg!

Berlin, Mai 1871.

Im neuen Reich.

Westerland, 1895.

—— — -

Deutsches Reichslied.

Herrlich auferstanden
Bist Du, deutsches Reich,
Keins von allen Landen
Ist Dir Hohem gleich.
Auf der Stirne sitzet
Dir des Kampfes Muth,
Aus den Augen blitzet
Dir der Liebe Gluth.

Stehst in Macht erhoben
Wie ein Fels von Erz,
Läßt die Feinde toben,
Ruhig schlägt Dein Herz.
Deine Söhne scharen
Rings sich um Dein Bild,
Treu Dich zu bewahren,
Unsre Brust Dein Schild.

Laß Dein Banner fliegen,
Halte hoch Dein Schwert,
Bist mit Deinen Siegen
Aller Ehren werth.
Von den Bergen blinket
Hell des Morgens Strahl,
Geist der Freiheit winket
Hoch herab ins Thal.

1872.

Die Sprüche

unter den Geselschap'schen Gemälden in der Kuppel der Ruhmeshalle zu Berlin.

I.

Weithin schmettert das Horn aufbietend den reisigen
Heerbann,
Und um die Rufer im Streit schart sich in Waffen das
Volk.

II.

Eiserne Würfel des Kriegs, von sterblichen Händen geworfen,
Rollen in tobender Schlacht, aber ein Ewiger lenkt.

III.

Herrlich schmücket den Helm der Kranz des errungenen Sieges,
Doch dem Vaterland streut purpurne Rosen der Tod.

IV.

Festlich auf Pfaden des Ruhms zieht ein der gesegnete Friede,
Und den beglückenden Hort hütet dem Reiche das Schwert.

Die Kaiserglocke im Dom zu Köln,

die, aus erbeuteten französischen Geschützen gegossen, nicht läuten wollte.

Du sprödes Erz, das aus dem tiefen Schacht
Zu anderm Dienste zwar an's Licht gebracht,
Steckt immer noch in Dir von Trotz und Grimme
Ein zäher Rest, vom wilden Geist der Schlacht,
Daß Du versagest die metallne Stimme,
Seit wir an anderm Ort Dich stumm gemacht?
Als wär' Dir zu gering nun jeder Schall,
Seitdem Du nicht mehr donnern darfst vom Wall?

Du stürztest Dich in hellem Feuerfluß
In des Geschützrohrs Form; zum Glockenguß
In des gethürmten Mantels weiten Falten
Versagst Du uns dem Feind erwies'ne Gunst
Und zeigst, die Hoffnung trügend, beim Erkalten,
Wie Du verhöhnst des weisen Meisters Kunst;
Krieg willst Du, reichst dem Frieden nicht die Hand,
Daran erkenn' ich recht Dein Vaterland.

Du wirst nie wieder auf Lafetten ruhn,
Nie wieder einen Schuß im Felde thun;
Er ahnt' es nicht, der aus dem Arsenale
Schon siegestrunken Dich auf Rädern schob,
Daß Du nun bald auf deutscher Kathebrale
Zur Ehre Gottes und des Friedens Lob
Die mächtig tiefe Stimme laut erhebst,
Hoch über Tod und Leben segnend schwebst.

Du hattest ja dem Rheine zugebacht
Dein dröhnend Lied; er horcht schon Tag und Nacht,
Daß er vom Dom den stolzen Klang vernehme.
Wohlan! wir kauften Dich mit unserm Blut,
Zur frommen Wandlung endlich Dich bequeme,
Als Glocke steig' empor aus rother Gluth,
Und — Kaiserglocke! lugt der Feind herein,
Dann ruf' uns! Du auch halte Wacht am Rhein!

1873.

⎯⎯◆

7*

Zu Kaiser Wilhelms I. achtzigstem Geburtstag.

(Dargebracht vom Verein Berliner Künstler.)

Wem es beschieden war, ein Reich zu schaffen,
Wer siegreich aus dem Kampf sein Volk geführt,
Das Volk der Denker und das Volk in Waffen,
Dem hat ein Genius Stirn und Brust berührt.
Die deutsche Krone, wie auch Stürme weh'n,
Die trägst Du, Herr, in Deinen hohen Tagen,
Doch wolltest jeden Kranz Du heute tragen,
Für Dich gewunden, jedes Herzens Schlagen
Für Dich ermessen, jeden Trunk bestehn,
In heißen Dankes Durst Dir zugebracht, —
Es ginge über Deine Kaisermacht.

Mehrer des Reichs und des Gesetzes Hüter!
Sieh unter allem Volk, Dir unterthan,
Die frei'sten und die froh'sten der Gemüther,
Der heitren Künste heitre Jünger nah'n!
Die Letzten nicht in aller Liebe Drang,
Woll'n wir uns Deiner Weisheit treu verbünden,

In Erz und Marmor Deinen Ruhm verkünden,
Ihm unsrer Farben Lebensgluth entzünden
Und Deine Thaten preisen im Gesang.
An diesem Tag, wer wollte seitwärts stehn?
Es soll der Sänger mit dem König gehn.

Sieh, hoher Herr, die Fahnen weh'n und rauschen,
Von Hohenzollerns Sonnenglanz erhellt!
Sieh unser Banner auch sich freudig bauschen,
Von der Begeistrung Sturmeshauch geschwellt!
Du kennst sie, Herr, des Schaffens große Lust,
Denn Du, Du schufst sie selber, die Geschichte,
Die wir im Bild, im ehernen Gedichte
Der Nachwelt zeigen in verklärtem Lichte;
Dein Denkmal aber steht in Volkes Brust.
Die Künste schirmen, das ist königlich, —
Die deutsche Kunst, Herr Kaiser, grüßet Dich!

1877.

Zu Kaiser Wilhelms I. neunzigstem Geburtstag.

(Dargebracht vom Verein Berliner Künstler.)

Erhabner Herr, auf den die Völker schauen,
Auf den die Starken und die Schwachen bauen,
Gepriesen und gelobt sei dieser Tag,
Den der allmächt'ge Gott Dir segnen mag!

Die Glocken läuten, und die Gläser klingen,
Und brausend geht · der Ruf durchs Vaterland:
Heil Kaiser Wilhelm! Deine Söhne bringen
Dir Gut und Blut und weihn Dir Herz und Hand!
Fest wie der steilste Fels im deutschen Reiche
Und wie im Wald die sturmerprobte Eiche,
So fest zu Dir steht unsre alte Treu
Und treibt in jedem Frühling wieder neu.

Du schirmst den Frieden, den umhergescheuchten,
Es fällt kein Schuß, wenn Du es nicht gewollt,
Und wenn im Westen schwüle Wetter leuchten,
Wenn eine Welt in Waffen um uns grollt,

Brauchst Du den Deinen nur ein Wort zu sagen,
Und fertig sind wir, jede Schlacht zu schlagen;
Ein Tag entscheidet, und Dein Volk erhebt
Sich wie ein Mann, von einem Will'n belebt.

Wir Künstler, die im Licht des Idealen
Den Ernst der Zeiten sehn und ihren Glanz,
Wir helfen, Herr, daß Deine Thaten strahlen,
Und flechten mit an Deines Ruhmes Kranz.
Kann unsre Kunst auch Deine Macht nicht mehren,
Soll'n ihre Werke doch die Enkel lehren
In Farben, in Gebild aus Stein und Erz:
Dem Kaiser schlug des ganzen Volkes Herz!

1887.

———•———

Kaiser Wilhelms I. Tod.

Umhegt in weitem Kreis vom tiefsten Schweigen,
Umbangt von schwer besorgter Herzen Schlag,
Steht auf dem öden Platz am frühen Tag
Das Haus des Kaisers, und es geht ein Neigen,
Ein Fragen und ein Flüstern durch die Menge,
Die drüben harrt und hofft, gedrängt in Enge,
Da — Gottes Hand ist's, die von oben winkt, —
Die purpurne Standarte langsam sinkt.

Todt Kaiser Wilhelm!! — unter dem Gewichte
Erzitterte der alte Erdenball,
Im Sturme klang's wie eines Rufes Schall:
Das ist ein Zeitmal in der Weltgeschichte!
Wir wußten's Alle: einmal mußt' es kommen,
Doch nun's gekommen ist, Er uns genommen,
Trifft's Jeden überwält'gend, was geschehn,
Denn niemals wird man Seines Gleichen sehn.

Nicht mehr wie sonst von jener Fensterecke
Das greise Königsantlitz freundlich blickt,
Wo Er den Hüteschwenkern zugenickt,
Als ob auch darauf Seine Pflicht sich strecke.
Nie mustert mehr das helle Feldherrnauge,
Ob Mann und Roß, ob Wehr und Waffe tauge;
Er aber rüstete das deutsche Heer,
Bis es so stark ward wie kein zweites mehr.

Das war Sein Trost, Sein letztes Glück hienieden,
Einmüthig stand Sein Volk um Ihn geschart,
Den Glauben unverbrüchlich Ihm bewahrt:
Nur unsres Kaisers Schwert erzwingt den Frieden.
Der siegreich war in ungezählten Schlachten,
Er kannte nicht der Herrschsucht krieg'risch Trachten,
Nur das war Seiner Arbeit Ziel und Lohn,
Daß Er uns Deutsche prägte zur Nation.

Wir stehn mit nassem Blick vor Seinem Bilde,
Der groß als Herrscher, groß als Mensch und Mann,
Wie's nie die Zeit vergessen machen kann,
In Seiner Weisheit, Seines Herzens Milde.
Nun gönnt Ihm auch die Ruh nach seinen Werken!
Manch ein Geschlecht noch wird den Segen merken,
Den tausendfältig streute Seine Hand
Gleich einem Sämann unserm Vaterland.

Den Brennerpaß, die alte Römerstraße,
Kehrt heim jetzt Kaiser Friedrich, Wilhelms Sohn,
Und sieht als Schildwacht an des Reiches Thron
Den Mann von Eisen mit dem Heldenmaße.
Ein Händedruck, — und aus dem alten Bunde
Ersteht ein neuer in geweihter Stunde;
Alldeutschland weiß es, daß sein höchstes Gut
In diesen beiden Händen sicher ruht.

Und auf den Spuren ruhmgekrönter Ahnen
Blüht mannhaft fort der Hohenzollernstamm,
Dem Freund ein Schutz, dem Feind ein Trutz und Damm,
Daß allweg Gott mit uns und unsern Fahnen.
In ewigem Gedächtniß aber lebe
Held Wilhelm Du! im grauen Mantel schwebe
In Lüften Deinem Heer zum Kampf vorauf
Und weis' ihm mit dem Schwert den Siegeslauf!

An Kaiser Friedrich.

Noch immer hält die Liebe Tag und Nacht
Am Sarge Kaiser Wilhelms Todtenwacht,
Zum Heiligthum, wo dunkle Fichten stehn,
Wallfahrten noch viel Tausend ungesehn.
Wie weit der Weg, wie groß das Vaterland,
Kein deutsches Herz und keine deutsche Hand,
Das nicht mit Stolz und Wehmuth seiner dächte,
Die nicht ihm gerne Kranz und Blumen brächte.

Jedoch die Klage um den Größten auch
Verstummt einmal wie Abendwindeshauch,
Und mit der Morgenröthe Flügeln schwingt
Sich Hoffnung auf, die uns der Frühling bringt,
Die jede Brust erfüllt und schwellend hebt,
Daß ein Gedank' auf allen Lippen schwebt:
Der neunzigjähr'ge Kaiser stieg vom Throne,
Und seht! — ein Sieger trägt des Siegers Krone.

Was jetzt auf Kaiser Friedrichs Schultern ruht,
Heischt Heldenkraft und fordert Heldenmuth;

Denn ein Vermächtniß ist's, unschätzbar reich,
Dem keines auf dem Erdenrunde gleich:
Des Vaters Segen, seines Schwertes Macht,
Des Volkes Liebe, jauchzend dargebracht,
Des Reiches Ehre und des Friedens Hort,
Der Geister Freiheit und des Glaubens Wort, —
Was Köstliches uns Wilhelm hinterlassen,
Wie könnten wir's mit einem Blick erfassen!

Schwer ist es, solches Vaters Sohn zu sein,
Und Gott im Himmel mag Dir Kraft verleihn,
O Kaiser Friedrich, der Du tapfer ringst,
Wie Du das Leid, das drückende, bezwingst!
Wer so wie Du sein Herrscheramt beginnt,
So pflichtgetreu, so standhaft hochgesinnt,
Der wird das Erbe, das er jüngst erhalten,
Das königliche, königlich verwalten.

Der Glanzstern Deines Lebens stieg und stieg,
Dich sah der Frieden, und Dich sah der Krieg
Auf jedem Platze ruhmvoll und bewährt,
Drum sei gleich einem Eidschwur Dir erklärt:
Wir stehn mit Dir, und mit Dir gehen wir,
Wie Du Dich uns giebst, geben wir uns Dir!
Heil Kaiser Friedrich! laß Dein Banner fliegen!
Lorbeer um's Haupt! Du bist gewöhnt zu siegen!

1888.

Zu des Fürsten Bismarck Abschied.

Der Du die Welt auf Deinen Schultern trugst,
Bist überdrüssig dieser schweren Bürde?
Der Du daheim, dabrauß den Gegner schlugst,
Thust von Dir Deines Amtes Macht und Würde?
Der Du nur Gott und Dein Gewissen frugst,
Du scheidest, Völkerhirt, von Herd' und Hürde?
Sprich, Hüter! ist die Nacht denn schon herum
Und Frieb' auf Erden? aller Haber stumm?

Mir ist, als hört' ich Deinen Schritt erdröhnen
So laut, so wuchtig, als er jemals klang,
Dann aber leiser, immer leiser tönen
Gleich dem des Wandrers, der in stetem Gang
Sich rasch entfernt, den nicht der Feinde Höhnen
Und nicht der Freunde Fleh'n zu bleiben zwang.
Und wirklich gehst Du, gehst im Sturmgebraus,
Als gingst Du aus dem deutschen Reich hinaus.

Wir aber stehn und schau'n Dir nach und fragen:
Wer ist in Deine Kunst so eingeweiht,
Daß er die Rosse lenkt am Schicksalswagen?
Und wer wird in der Elemente Streit
Vom Horizont uns die Gewitter jagen,
Wenn Du nicht bannst die Geister weit und breit?
Nie komm' uns — Gott verhüt's! — Gefahr so nah,
Daß einst wir rufen: ist kein Bismarck da?!

Doch sehen wir Dich stolz auf Einen weisen:
Er ist der Herr, ich hielt ihm nur den Schild;
Das Reich, das ich geschweißt mit Blut und Eisen,
Fest steht's und einig wie ein ehern Bild.
Und daß auch fürder fährt in sichern Gleisen
Den alten Kurs im wogenden Gefild
Das Staatsschiff, hält die Wacht am Steuerhaus
Der Kaiser selbst und spricht: „Voll Dampf voraus!"

Wohlan! so schwer es ist, dem Schmerz zu wehren,
So stark ist auch die Hoffnung, die uns trägt;
Entschloss'ner Muth verschmäht bedächt'ge Lehren,
Die Jugend handelt, wo das Alter wägt.
Ruh Du auf Deinem Lorbeer, Deinen Ehren!
Du hast der Zeit so tief Dich eingeprägt,
Daß Dein Gedächtniß nicht auf Erden schwindet
Und unser Dank nicht Wort, nicht Weise findet.

Was Du uns warst, wirst Du uns ewig bleiben,
Und diesen Wunsch nimm mit nach Friedrichsruh:
Du brauchst nun keine Noten mehr zu schreiben,
Dafür schreib' auf, was Niemand weiß als Du
Und sieh' noch lang' der Welt und ihrem Treiben
In würdevoller Muße lächelnd zu!
Und nun — ade! und noch ein Hurrah Dir,
Standart' im Feld, im Frieden uns Panier!

1890.

Feldmarschall Graf Moltke.

Fänd' ich nur Worte, groß und schlicht wie Du
In Deiner wie aus Erz gegoss'nen Ruh,
Um Dich zu feiern, wunderbarer Held!
Mir ist, ich stünd' auf weitem Siegesfeld
Vor Dir in Reih und Glied im deutschen Heer,
Und Einer riefe: „Präsentirt's Gewehr!"
Und der es spräche, das Kommandowort,
Wär' Kaiser Wilhelm. Auf dem Hügel dort,
Uns überschauend stündst Du ganz allein,
Von Waffen rings umblitzt im Sonnenschein,
Und legtest grüßend an den Helm die Hand,
Und alles Volk im ganzen Vaterland
Wie stillgestanden mit Soldatenschick,
Auf Dich gerichtet jedes Mannes Blick,
Stünd' in Parade vor Dir, Jung und Alt,
Vor seines Feldherrn ragender Gestalt,
Mit heißem Dank aus allen deutschen Gau'n
Des Schlachtendenkers Angesicht zu schau'n.
Dann senkten sich bis zu der Rosse Huf
Die Fahnen nieder und es ging der Ruf

Zum donnernden Geschütz, lawinengleich:
„Feldmarschall Moltke!" brausend durch das Reich. —

Was soll des Traums phantastisches Gebild?
Nicht Heerschau mehr auf irdischem Gefild
Hält der, der uns geführt hat in der Schlacht,
Der uns den Krieg zum großen Sieg gemacht.
Er ging dahin, wohin sein Kaiser ging,
Für den er schlug, an dem er hielt und hing.
In Allem, was er war, war er so groß,
So über dem gemeinen Menschenloos,
Daß seinen Ruhm kein preisend Wort vermehrt,
Drum schweigend sei der Schweigende verehrt.

1893.

---·•·---

Zu Fürst Bismarcks achtzigstem Geburtstag.

(Vom Verein Berliner Künstler gewidmet unter Mittheilung von
der Ernennung zum Ehrenmitgliede.)

Am Amboß stand ein weiser Schmied,
Siegrunen sprach er und sang ein Lied,
Gar eine gewaltige Weise.
Er schwang den Hammer Tag für Tag,
Die Volker hörten seinen Schlag
Im ganzen Erdenkreise.

Und als er brachte sein Gebild,
Da war's ein Ring, ein Schwert, ein Schild,
Wie er nur konnte schmieden.
Den Ring legt' er ums Vaterland,
Das Schwert gab er in Kaisers Hand,
Den Schild schenkt' er dem Frieden.

Der Schmied bist Du, der Streich auf Streich
Geniethet hat das deutsche Reich
In heißer Arbeit Ringen.
Dein war der Muth, Dein war die Kraft
Und Dein die Kunst der Meisterschaft
Zu solchen Werks Vollbringen.

Du großer Künstler, gern von Dir
Eintracht zu schmieden lernten wir,
Den Ruhm der Kunst zu mehren.
O wolle, diesen Tag zu weih'n,
Fortan der Unsern Einer sein
Zu unsres Bundes Ehren!

1895.

Bei der Enthüllung des Siegesdenkmals in Quedlinburg.

Da steht's, das Reiterbild, in Erz gegossen,
Ein tapfrer, junger Seydlitz=Kürassier,
Schwert in der Faust, im Sattel fest geschlossen,
Sprengt er dahin auf seinem stolzen Thier.
Es war ein Todesritt, das Regiment,
Das heimatliche mit dem gelben Kragen,
Bei Mars la Tour mußt' es sein Alles wagen
In jener Schlacht entscheidendem Moment.

Doch nicht dem einen nur ist aufgerichtet
Dies Denkmal und auch nicht dem einen Tag;
Wer immer half, daß unser Feind vernichtet,
Machtlos nach langem Kampf am Boden lag,
Für Alle, wer zu Fuße focht, wer ritt,
Ragt es empor zum ehrenden Gedächtniß,
Dem Junggeschlecht ein heiliges Vermächtniß,
Daß drüben überm Rhein ganz Deutschland stritt.

Ganz Deutschland war's, zum ersten Male einig!
Da ging durch Berg und Thal, durch Wald und Flur
Ein Freudenstrahl, glanzvoll und sonnenscheinig,
Zum Himmel stieg aus jeder Brust ein Schwur.
Und Nord und Süd, den beiden Schwingen gleich
Des Adlers, wenn er rauscht und saust im Fliegen,

Selbander zogen sie hinaus, zu siegen,
Selbander brachten sie zurück das Reich.

Es ist kein Dorf im ganzen Vaterlande,
Das dazu nicht entsendet einen Sohn,
Aus jeglichem Beruf, aus jedem Stande
Marschirte Mann bei Mann im Bataillon.
Auch diese Stadt, die schon ein Stück vernahm
Von Weltgeschichte seit dem Städtegründer,
Gab Manchen hin, der als des Ruhms Verkünder
Heimkehrte oder — niemals wiederkam.

Der Todten auch, der Todten laßt uns denken,
Im Feld vom grausen Schnitter hingemäht,
Viel tausend waren dort ins Grab zu senken,
Die das nicht ernteten, was sie gesät.
Doch wir, genießend des Geschickes Huld,
Das sie für uns errangen, — ohne Wanken
Woll'n wir bewahren, was wir ihnen danken,
Als der Lebend'gen untilgbare Schuld.

Den Nachgebornen sei's ins Herz geschrieben,
Daß eines Volkes Heil darauf beruht,
Bis in den Tod das Vaterland zu lieben,
Ihm freudig hinzugeben Gut und Blut!
Und wenn verwittert dieses erzne Bild,
Wenn Krieg und Kriegeshelden schon umwoben
Von Sagen sind, — noch dann wird's sich erproben:
Mannstreue ist des Reiches Schwert und Schild!

—————••—

Das deutsche Heer.

(Commers am 18. Januar 1896.)

———

Der Krieg ist erklärt! das Wort schlug ein
Wie der Blitz in den Baum. Mobil! an den Rhein!
Die Losung von allen Lippen erscholl,
Und es wogt' und drängte und trieb und schwoll
Von Osten nach Westen der Reisigen Zug
Und fand nicht Straßen, nicht Brücken genug.
Und es klopfte das Herz, und es bebte die Hand,
Wie sie das Schwert um die Hüfte band,
Vor Ungebuld und verlangender Gluth,
Zu schützen, zu retten das höchste Gut, —
Nur vorwärts! nur schnell nach Frankreich hinein!
Und Jeder wollte der Erste sein.

Begrüßt, begleitet die Linden entlang
Von Segenswünschen zum Waffengang,
Fuhr König Wilhelm mit ernstem Blick
Entgegen dem ungewissen Geschick.
Doch hat er im Stillen auf Gott vertraut,
Auf deutscher Stämme Kraft gebaut,

Er wußte wohl, daß jeder Soldat
Unter ihm seine Pflicht und Schuldigkeit that,
Die diesseits und die jenseits vom Main,
Sie setzten Alle das Leben ein.

Ein Hurrah dem Grenzpfahl, dann waren sie drin
In Feindes Land, und stürmend dahin,
Dahin es mit fliegenden Fahnen ging,
Wo seine Feuertaufe empfing,
Wer in der Front, dem Feinde nah,
Der kommenden Kugel entgegensah.
Und es begann der gewaltige Kampf,
Es dröhnten die Donner, es wallte der Dampf,
Es kracht' und knatterte, surrt' und pfiff,
Und blutig hüben und drüben griff
Der Tod in die Rotten, — das war der Krieg.
Doch die erste Schlacht war der erste Sieg,
Der erste von vielen, bis lorbeergeziert
Der Deutsche dem Franzen den Frieden diktiert.

Wenn wir nun fragen: wer hat's gemacht?
Wer hat über Deutschlands Ehre gewacht?
So lautet die Antwort: jeder Mann
Zu Fuß, zu Pferd im Heeresbann.
Der Kriegsherr und sein Feldmarschall,
Der Denker und Lenker überall,
General, Major und Leutenant
Und in Reih und Glied, nur dem Führer bekannt,

Das junge Volk der ganzen Nation,
Der Landwehr bärtiges Bataillon,
Sie hielten zusammen und standen sich bei
Und halfen sich aus, wo die Hände sie frei.
Der Säbel, die Lanze, Geschütz, Bajonett,
Kolonne, Feldschmiede, Feldpost, Lazarett,
Das griff in einander in Gleis und Spur
Wie Räderwerk in der gehenden Uhr,
Das hing wie Tropfen an Tropfen im Meer,
Dies einige Ganze, das deutsche Heer.

Die sind es gewesen, die haben's gemacht,
Die Schlachten geschlagen, das Reich gebracht.
Und wieder den Weg die Linden entlang
Kam Kaiser Wilhelm, mit schmetterndem Klang
Zog ein durchs Brandenburger Thor
Das Heer, und er ritt ihm als Sieger vor.
Und so breit die Straße, marschiert' im Zug
Die Compagnie, die die Fahnen trug,
Die Fahnen, erobert weit über dem Rhein,
Bunt flatternd im goldigen Sonnenschein.
Wer das gesehen, wer das erlebt,
Dem hat noch einmal das Herz gebebt,
Diesmal jedoch vor Jubel und Glück,
Und er denkt sein Lebtag daran zurück.

Das war das Heer, das damals schlug;
Heut ist's noch stärker, noch fester im Fug,

Unüberwindlich in seiner Kraft
Und treuen Waffenbrüderschaft.
Groß ist sein Ansehn, schön sein Bild,
Geschärft sein Schwert und rein sein Schild.
Gewehr bei Fuß steht es bereit,
Friedfertig, schlagfertig allezeit,
Und giebt der Sprache Deutschlands Wucht
Bis zu des Erdballs entlegenster Bucht
Und blickt auf Den, der's kommandirt,
Dem es auf Wort und Wink parirt.
Stets wird es siegen, nie kehrt es um,
Eh seines Feindes Geschütze stumm,
Und wenn ihr nur die Nummer nennt,
Ist Jeder stolz auf sein Regiment.
Wir hier, viel Herzen, doch nur e i n Schlag
An deutschen Reiches Krönungstag,
Wir rufen: Heil und Ruhm und Ehr
Dem unvergleichlichen deutschen Heer!

An das junge Geschlecht.

Da reitet der Kaiser! seht, wie er sitzt,
Wie's ihm vom Auge leuchtet und blitzt
In seinen tiefernsten Zügen!
Er weiß, was er will, und er kann, was er will,
Sein Handeln ist rasch, sein Denken ist still,
Doch fest wie aus Eisengefügen.

Ihr habt ihm geschworen den Fahneneid,
In Krieg und Frieden, in Freud und Leid
Müßt ihr zu ihm stehen und halten.
Und sollt' er euch rufen von Herd und Haus,
So zieht mit dem jungen Kaiser hinaus,
Wie wir es gethan mit dem alten.

Was wir errungen mit Strömen von Blut,
Ihr werdet's bewahren mit männlichem Muth
Und nimmer und nimmer es lassen.
Von Lothringen bis zu Litauens Mark
Alldeutschland einig, Alldeutschland stark,
Wer wagt es, uns anzufassen?!

Wenn wieder im Westen ein Wetter droht
Dem Vaterlande Gefahr und Not,
Seid niemals geschieden, gemieden!
Steht Schulter an Schulter zu Stoß und Streich,
Ein Hurrah dem Kaiser! ein Hurrah dem Reich!
Und der Herrgott erhalt' uns den Frieden!